Īnsolitus Cāsus Doctōris Jekyll et Dominī Hyde

Īnsolitus Cāsus Doctōris Jekyll et Dominī Hyde

LIBRUM COMPOSUIT
ROBERT LOUIS STEVENSON

PICTŪRĪS ŌRNĀVIT
ET PRAEFĀTIŌNEM SCRĪPSIT
MATHEW STAUNTON

LATĪNĒ REDDIDIT
GARRETT DOME

evertype

2022

Ēdidit/*Published by* Evertype, 19A Corso Street, Dundee, DD2 1DR, Scōtia/*Scotland*. *www.evertype.com.*

Titulus vērus/*Original title*: *Strange Case of Dr Jekyll and Mr Hyde.*
Prīma ēditiō apud Longmans, Green & Co. Londīnī, annō 1886°.
First edition London: Longmans, Green & Co., 1886

Haec ēditiō/*This edition* © 2022 Michael Everson.
Textus/*Text* © 2022 Garrett Dome.
Imāginēs et praefatio/*Illustrations and introduction* © 2014 Mathew Staunton.

Schedula bibliographica hujus librī in Bibliothēcā Britannicā reperītur.
A catalogue record for this book is available from the British Library.

ISBN-10 1-78201-256-7
ISBN-13 978-1-78201-256-6

Typīs Baskerville et GREAT BROMWICH BOLD composuit Mīchaēl Eversōnus.
Typeset in Baskerville and GREAT BROMWICH BOLD *by* Michael Everson.

Integumentum/*Cover design by* Michael Everson.
Pictura photographa/*Photograph* © Frances Fruit, dreamstime.com/ffranny_info

iv

INDEX CAPITUM

Dēdicātiō

Meīs juvenibus annīs, meus pater recitāvit librōs et classicōs et antīquōs mihi. Quādam nocte tenebrōsā et obscurā, ubi omnēs ventī tonābant et arborēs murmurābant, ille sēlēgit librum horrificum nōbīs: *Īnsolitus Cāsus Doctōris Jekyll et Dominī Hyde*. Nōn poteram illīs diēbus eam pyschologicam nātūram librī tenēre; meus pater, autem, impresserat illam et sinistram et nefāriam vōcem Hyde in meam mentem. Quum trānsdūcerem *Jekyll et Hyde*, poteram audīre omnēs vōcēs quās meus pater attribuit variīs persōnīs. Meus pater, ut multī hominēs, nōn potest librōs latīnōs legere. Quādam nocte tenebrōsā et obscurā, nunc ego possum meam ūnicam et fīdam trānslātiōnem eī recitāre. Haec trānslātiō est bona mixtūra nostrum vōcum; cāre lēctor, additō tuam vōcem.

—Garrett Dome
Novī Eborācī, Mēnse Majī 2022

PRAEFĀTIŌ

SARCINAE
IN VICTŌRIĀNĀ CAPSĀ INVENTAE

Novella ā Robertō Lūdovīcō Stevenson annō 1886 scrīpta, *Strange Case of Dr Jekyll and Mr Hyde* (*Īnsolitus Cāsus Doctōris Jekyll et Dominī Hyde*), est ūna optimārum fābulārum dē mūtātiōne physicā in tōtā historiā litterārum, et in suō comitātū habet *Metamorphōseōn Librōs XV* Ovidiī et *Die Verwandlung* Kafka. Haec novella, semper in lūcem ēdita, īnspīrāvit spectācula loquentium et spectācula canentium in theātrō Broadway, nec nōn multās pelliculās. Persōnārum nōmina sunt jam agnōmina multīs morbīs quī inclūdunt dissimulātiōnem identitātis, mūtātiōnem habitūs animī, ac āctiōnēs īnsolitās aut incertās. In scaenā cultūrae populāris, elementa novellae sunt tantī mōmentī ut assūmās eam novellam esse ab omnibus hominibus lēctam, sed haec novella nōn est tam lēcta quam fāma suādeat. Nōsmet putāmus, quamquam nōn exigua elementa īnspeximus, tōtam fābulam teneāmus ob multās pelliculās, versiōnēs brevēs, novellās graphicās, gryllōs, et multās mentiōnēs in aliīs fōrmīs artis.

Modernī lēctōrēs quī modo incipiunt legere hanc novellam, prīmum ferunt quāsdam imāginēs in suīs mentibus: labōrātōria continentia vitrea, pōtiōnēs effervēscentēs, et vultum foedī mōnstrī. Hominēs saepe sunt obstupefactī quum recognōscunt nec Jekyll nec Hyde esse protagonistam hujus fābulae. Illae persōnae sunt frequentissimē indicātae, sed argūmentum plērumque dīrigit sē ipsum ad alterum hominem, minus celebrātum, Gabriēl Jōannem Utterson, quendam honestum et sevērum jūris cōnsultum. Dum Hēnrīcus Jekyll et Edwardus Hyde (ejus altera fōrma) sunt prīncipēs persōnae et firmant hanc fābulam esse horrificam, Utterson ipse investīgat mystērium fābulae quae fortasse est ūna optimārum fābulārum crīminālium umquam scrīpta.[1]

In prīmīs appāret omnibus Utterson esse idōneum huic negōtiō. Utterson intimē omnēs persōnās prīncipēs cognōvit, dominō Hyde exceptō. Richardus Enfield quī prīmus notāvit crūdēlitātem dominī Hyde, fuit bonus sodālis et relātīvus. Danvers Carew, ejus cliēns nōtissimus, tenet epistulam dēsignātam dominō Utterson quum ipse ab Hyde interfectus est. Doctor Jekyll et doctor Lanyon sunt antīquī amīcī; assignāvērunt sua testāmenta cōnfidenter dominō Utterson. Etiam doctor Jekyll praeceptīs suī testāmentī rogāvit dominum Utterson ut dēfenderet mystērium dominī Hyde cāsū suī obitūs aut abitūs. Omnēs persōnae in hōc librō sunt integrae partēs, sed invenīmus sōlum G.J. Utterson inter eās omnēs; ille attentē accumulat testimōnia et nārrāta persōnārum.

Haec fābula habet multās persōnās attentē nōminātās; Gabriēl Jōannēs Utterson est ūnum exemplum palam clāmāns et merēns observātiōnem. Edwardus Vernon Utterson (1775/76-1856), jūris cōnsultus et collēctor librōrum, fortasse venit in mentēs lēctōribus. Ille fuit magnus prīnceps quī attendit illud exclūsīvum sodālicium dicātum libricolīs, Roxburghe; ille quoque fuit prōminēns figūra in orbe lēgālī. Hoc cognōmen (*utter* 'loquī' *son* 'fīlius') nihilōminus est idōneum hominibus quī nōn recognōscunt hanc figūram; potest dēscrībere virum quī collēgit et scrībit fāta et scrīpta hominum. Itaque, nostra attentiō est dīrēcta in partem ubi ille est quīdam artifex collātiōnis et exquīsītiōnis documentōrum;

Utterson cautē cūrat verba quae Jekyll, Hyde, et Lanyon dedērunt eī, et nōs dēbēmus similiter cūrāre ea verba Stevenson. Haec admonitiō est sāna. Nam *Jekyll et Hyde* continet multa verba dēnsa et complexa quae anticipant illa verbōsa stratēgēmata modernōrum scrīptōrum tamquam James Joyce et Vladimir Nabokov. Haec verba Scōtica, ambigua et antīqua, possunt tardāre āctum legendī, movēre multam dubitātiōnem, et etiam conpellere lēctōrem ut imitētur dominum Utterson quī cōnētur illās īmās partēs cāsūs attingere. Stevenson enim vērō prōdidit quendam ūnicum ūsum verbōrum. *Oxford English Dictionary* ciet *Jekyll et Hyde* nōn minus quam septingentiēns ut illūmināret rārōs Anglicōs ūsūs. Bonum exemplum verbōrum propriōrum occurrit quum nōs prīmum doctōrem Jekyll convēnimus: ille est appellātus "smooth-faced" (imberbis) quum ille et ejus amīcus disserant prope focum. Nōs nūllō modō dēbēmus putāre hoc significāre aliquid aliud quam eum dominum esse bene polītum. Ancilla dominī Hyde, autem, habet "an evil face, smoothed by hypocrisy" (nefārium vultum, hypocrisī polītum), et hoc subtīliter suādet nōbīs ut nostram prīmam impressiōnem reputēmus. Ille, suprā omnia, habet nōmen vocāns in mentem quoddam animal ferum (*Jackal*, Thōem) aut quandam inclīnātiōnem ad homicīdium (Je-*kill*, interficere); etiam Jekyll habet quandam inexplicābilem affīnitātem dominō Hyde quae jacet magnam umbram super ejus impeccābilem fāmam.

Significātiō nōminis Utterson nōn jam est fīnīta. Ille nōn modo est quīdam artifex verbōrum, sed angellus aut prophēta. Ille est Archangelus Gabriēl et Jōannēs Baptista; creātus et missus ab omniscientī auctōre nūntiat omnēs rēs perāctās in officīnā doctōris Jekyll. Quum multae mentiōnēs Bibliōrum Sacrōrum sint, possumus sine dubiō assūmere quod Stevenson expectāvit suōs lēctōrēs esse dīrēctōs ad haec nōmina. Quodsī lēctor haesitat, Stevenson cōnstituit ut

Utterson dūceret nōs: libenter ludit cognōmine Hyde: "Sī is est dominus Hyde [*hide* 'latēre'] ... ego sum dominus Seek [*seek* 'inquīrere']."

Haec scrūpulōsa attentiō verbōrum sēligendōrum et pōnendōrum suggerit Stevenson cautē sēlēgisse suum titulum; hoc enim est cōnsīderandum. Hic līber est dē quōdam "īnsolitō cāsū," et multa īnsolita incurrunt dominum Utterson quae inclūdunt ejus comitēs et cāsum ipsum; illud testāmentum quoque scrīptum altiōrī jūdicī est tam īnsolitum quam omnia ab eō recōnstrūcta. Stevenson, ut suprā dīxī, creāvit jūris cōnsultum compositum ut coniceret documenta et testimōnia et cōnstrueret quandam cohaerentem nārrātiōnem, et fortasse quendam librum ēvidentiae. Utterson, noster artifex ēmancipātiōnis, est quoddam exemplārium jūris cōnsultō, Jōannī Harker, quem Cōmes Drācula condūxit. Haec callida collēctiō epistulārum, scrīptōrum, trānscrīptiōnum phonographīcārum, et nūntiōrum quae fōrmat hunc librum ab Ābrahām Stoker annō 1897 compositum, habet multa commūnia cum novellā scrīptā ā Stevenson. Omnia ācta, quae habent multās lacūnās inter varia testimōnia, sunt implēta imāginātiōne lēctōris, et illa suāsōria vīs ambōbus librīs residet in hīs īnfernīs numquam scrīptīs archetypōrum.

Verbum "cāsus" est etiam firmē situm in orbe medicīnae; dīcendum est nōs penetrēmus mystērium circā hās personās titulārēs quoniam habēmus ea testimōnia quae duo doctōrēs scrīpsērunt, nōn quandam interventiōnem vigilium. Utterson prīmum suspicit crīmen audiēns eam īnsolitam āctiōnem doctōris Jekyll, fābulā prōgressā ille gradātim timet nē amīcus ejus aeger sit; etiam credit argumenta esse medica magis quam lēgālia, suspicāns īnsānitātem, nōn extorsiōnem

"Cāsus" [*case* 'thēca'] alteram magnī mōmentī significātiōnem habet. Cāsus est quaedam rēs ad inclūdendum aut continendum; ita potes recognōscere quod

Jekyll et Hyde est suprā omnia quaedam novella dē rēbus inclūdendīs in aliīs rēbus. Hoc vērum est dē scrīptīs novellae, et dē finītō textō. Bene nōtum est Stevenson suam prīmam īnspīrātiōnem invēnisse in suīs somniīs.

Meum cerebrum cruciāns, circumībam ut quicquam argūmentum fābulae invenīrem; secundā nocte, illam prope fenestram scaenam somniāveram; quae scaena posteā erat dīvīsa in duās partēs ubi hominēs conquīsīvērunt dominum Hyde, quōdam crīmine perāctō, et Hyde compressit suum pollen et indūxit mūtātiōnem cōram suīs vēnātōribus. (RLS, Mēnse Jānuāriī 1888)

Itaque valēmus cōnsīderāre Hyde esse archetypum terriculum genitum subcōnscientiā Stevenson quod erat deinde involūtum in allēgoriā, suggestū uxōris Stevenson, Fanny. Nōmina persōnārum possibilem lēctiōnem indicant, sed commentāriī Stevenson nūllam dubitātiōnem nōbīs relinquunt. Allēgoria haec magis erat involūta mystēriō, et ea numquam erat explicāta ab auctōre. Sunt jam nōn nūllae speculātiōnēs dē rēbus quae latent in hāc allēgoriā; quod potest dēsignāre quam prōsperē hoc cōnsilium fōrmātum esset Stevenson. Utterson, suprā omnia, investīgat cāsum Jekyll et Hyde, et ille triumphat post hās mystēriās quaestiōnēs resolvendās quae eum turbāvērunt: quis sit Edwardus Hyde et quid sit ejus complexus super Hēnrīcum Jekyll? Haec psӯchica turbātiō, autem, affecta ab Hyde, numquam est rēsolūta lēctōrī; quum testimōnium ā Jekyll scrīptum ad suum fīnem advēnīt, nostrae quaestiōnēs et ānxietās pergunt. Stevenson fābulam fingit ita ut Jekyll agnōscat nostram ānxietātem in suā "expositiōne tōtīus cāsūs," ubi ipse dīxit "omnia sequentia cūranda sunt aliī hominī, nōn mihi." Quae sequentia sunt silentium; lēctor in hōc silentiō dēbet īnspicere documenta collēcta ā jūris cōnsultō Stevenson et tractāre mōnstruōsum *id* (quod est ipsīus Jekyll).

Attamen nōs fortasse maximē commorāmur factīs quae nōn admodum ā Utterson ēvolūta sunt. Quidnam agit Edwardus Hyde quum ille officīnam Jekyll exit? Hyde incarnātiō est omnium rērum quās Jekyll sibi negat, sed nōs nūllum exemplum tantī dēsīderiī obtinēmus. Jekyll nōn potest suā sponte recordārī omnēs nefāriās rēs perāctās ab ejus alterā persōnā, et Utterson decōrē relīquit hās rēs intāctās. Nōs deinde nūllam alteram optiōnem habēmus; necesse est nōbīs nostram imāginātiōnem exercēre. Jūris cōnsultus negat sibi oblectāmen vīsitandī lūdōs scaenicōs, bibendī vīnum, et vigilandī vespertīnīs hōrīs. Num Hyde simpliciter lūdōs scaenicōs frequentat et saepe ēbrius est? Ea mera foedītās et horror quem ille īnspīrat aliīs, suggerunt aliquid tenebricōsius. Novella continet mentiōnēs crīminis, crūdēlitātis extrēmae, et tormentī. Ea parva puella calcāta et caedēs Danvers Carew sunt ēvidentia dēfrēnātae violentiae. Jekyll quoque agnōvit haec ācta. Quid deinde est pejus quam et pulsāre et calcāre quendam hominem ad mortem?

Haec quaestiō est explōrāta 120 pelliculīs, saepe ad dētrīmentum aliōrum aspectuum fābulae. Utterson generātim est factus floccī aut remōtus ā fābulā ut spatium esset persōnīs fēminīnīs, amōribus, seu coetibus. Lūdus scaenicus annō 1887 ōrdinātus ā Thomas Russell īnspīrāvit prōsperissimās pelliculās antīquārum pelliculārum in commerciō ubi impatiēns Jekyll spōnsus ad fīliam dominī Carew resolvit praedātōrium Hyde ut indūcat histriōnem, Ivy Peterson, in quoddam violēns conjugium sexuāle.

Pellicula annō 1931 in lūcem ēdita est excellēns exemplum. Quae pellicula erat complēta antequam rēgulae prōductiōnis Ruscisilvae erant attentē īnstitūtae; ea relīquit nihil ad imāginātiōnem spectātōribus. Friderīcus March jūstē obtinuit praemium acadēmiae propter suam dēpictiōnem Jekyll et Hyde. In illā pelliculā, Jekyll est cōnstrictus suō classī sociālī relinquēns suōs appetītūs nūllō modō satisfactōs. Impatiēns ille vult dūcere suam dēspōnsātam et habēre conjugium sexuāle dum petit Ivy Peterson. Postquam Jekyll forte convēnit Ivy Peterson, spectat eam exuentem suīs vestīmentīs; ille carpsit dēlectābile ōsculum suprā ejus lectulum, et prōgressiō congressūs est sōlum prohibita ab suō collēgā, doctōre Lanyon intervenientī. Hāc adaptātiōne fābulae, Hyde est quaedam māchina doctōrī Jekyll; gerēns persōnam Hyde, ille potest conpellere Ivy Peterson in longum conjugium sexuāle initiātum ā suā pūblicā persōnā, sed numquam cōnsummātum. Rouben Mamoulian et ejus scrīptōrēs, Percy Heath et Samūēl Hoffenstein, ligant līneās resolūtās novellā Stevenson (dēsīderia sēcrēta Jekyll, perīcula Hyde, ratiōnem impetūs Hyde in Carew), sed hoc dīminuit potentiam fābulae, eam potentiam turbandī audientiam. Pellicula est mīra in suā graphicā imāgine improbitātis sexuālis, violentiae, et repugnantiae dominī Hyde, sed crīminālēs sexuālēs et necātōrēs commūnēs sunt in pelliculīs Ruscisilvae. Hic liber cōnsternat profundō modō suōs lēctōrēs et prōpellit nōs ut timōrēs tenebrōsissimōs exāminēmus ut videāmus quendam vultum Hyde et cursum ejus vītae.

Thema hujus cāsūs etiam penetrat litterās novellae. Nōs invenīmus armāria intus armāriīs, involūcra signāta intus involūcrīs signātis, nec nōn eam cōnstantem, omnipraesentem arcam Utterson. Haec arca potest esse rādīx omnis significātiōnis textūs—omnia, quae nōs dē concordiā Jekyll et Hyde invenīmus, sunt sita et tandem reserāta ab illīs tenebrōsīs recessibus inanimātī objectī. Jekyll etiam inclūdit suum fontem potentiae in nōn nūllīs saeptīs. Doctor Lanyon dēbet domum suae collēgae intrāre, jānuam officīnae reclūdere, vitreum armārium aperīre, arcamque removēre ut Jekyll perficeret suam mētam obtinendī chēmicās. Stevenson reprōdūxit eam artem gothicam pōnendī nārrātīvās intus aliīs nārrātīvīs quum Jekyll pōneret litterās signātās multīs locīs intus involūcrīs. Lanyon mittit epistulam dominō Utterson quae sōlum est aperienda cāsū obitūs aut abitūs Jekyll. Ultima epistula Jekyll est signāta cum tōtō novō testāmentō quod ille recenter parāvit. Hoc involūcrum deinde est inclūsum in arcā prīvātā dominī Utterson, et obfirmātum in quōdam spatiō ejus domūs. Itaque necesse est eam arcam et involūcra aperīre, et eās epistulās involūtās interpretārī.

Hīc Advenit Terriculum

Quamquam est celebrātum, *Jekyll et Hyde* spīnōsum est illūstrātōribus; inde illūstrātae ēditiōnēs sunt rāriōrēs quam nōs expectēmus. Oportet nōbīs hanc rem memorāre. Stevenson nōn dēscrībit omnēs subtlitātēs quās nōs, spectātōrēs et lēctōrēs, dēsīderāmus vidēre; numquam vidēmus vultum aut mōtūs Edwardī Hyde. Enfield nōn potest dēlīneāre aspectūs dominī Hyde quōs postulat sē vīvidē vidēre oculō suae mentis, et haec dēfectiō commūnis est in fābulā ēvolventī. Nēmō potest aspectum Hyde dēscrībere dum vultum ejus īnspicit. Possunt sōlummodo exprimere quam incommodē sentiant quum eum intueantur. Hyde est quoddam terriculum (*bogeyman*), quaedam tabula rāsa persōnīs et lēctōribus quī velint īnscrībere suōs timōrēs. Quōmodo dēbet illūstrātor, agēns hoc negōtium, pingere hanc mystēriam figūram?

In nōn nūllīs illūstrātiōnibus hujus ēditiōnis, cōnstituī repraesentāre Hyde ut quandam persōnam quae numquam praebet suum vultum; suādeō lēctōrī ut imāginētur quamlibet speciem dominō Hyde. Potes assignāre quandam sīmam fōrmam praevalentem pelliculīs, seu faciem horribilis gurguliōnis, seu eōs aspectūs flagrantēs Klaus Kinski, sī placeat tibi. Tū quoque potes aliam vīsiōnem suppōnere. In aliīs imāginibus cōnātus sum dēpingere eam profundam auram violentiae circā dominum Hyde; illūstrātiōnibus meīs, dominus Hyde est interdum quaedam mixtūra vīsuālis variōrum pugilum vīcēsimō saeculō. Hīc, dēfōrmitās nōn adest. Hyde intus suō animō est foedus. Ille est juvenis, fortis, viridis, et etiam cōnfīdēns palam omnibus. Hyde praebet suam capācitātem agressiōnis in suīs oculīs et statūrā, nōn quōdam vultū innātūrālī.

Etiam absentia īnfōrmātiōnis circum "Incīdentiam Fenestrae" īram movet. Tōta fābula cōnstrūcta est circum hōc mōmentum, centrum psȳchicae turbātiōnis āctum ab Hyde. Quid est argūmentum? Utterson et Hyde vident aliquid horrificum in faciē doctōris Jekyll dum sedēns prope suam fenestram colloquitur cum eīs. Quum illī vīdērunt eum, territī exeunt suīs ossibus clangentibus. Stevenson eam tōtam scaenam duās pāginās nārrāvit; est brevissimum capitulum in tōtō librō. Scīmus, autem, id continēre aliquid ab īmīs locīs inconscientiae Stevensōn. Quōmodo illūstrandum est? Quīdam homō sedēns ante suam fenestram (hoc est quod auctor dēscrīpsit) potest nūllō modō capere essentiam scaenae aut excitāre necessārium horrōrem. Jekyll aspicit eōs dum sedet in suā officīnā ubi habet omnia sua tenebrōsa dēsīderia quae vult experīrī sed etiam supprimere. In illā officīnā, ille condūcit ea experīmenta quae possunt līberāre Hyde; illīc Jekyll et Hyde mortuī sunt in magnō certāmine inter *id* et *super-ego* medicī. Fenestra officīnae praebet mīrum vīsum nōbīs in illōs tenebrōsissimōs angulōs animae Jekyll; cōnātus sum hoc illūstrāre.

—Mathew D. Staunton
Oxōniae, Mēnse Majī 2014

DĒ VĪTĀ AUCTŌRIS

Robertus Lūdovīcus Stevenson nātus est in Edinburgō Scōtiae, diē 13 Novembris 1850. Ille saepe propter suam mālam salūtem commeābat, et haec itinera in ejus juvenibus annīs contribuērunt ad colendam suam facultātem scrībendī fābulās. Stevenson 28 annōs nātus suum prīmum librum in lūcem ēdidit. Ille convēnit Fanny Obscourne, fēminam marītam, quae habuit duōs līberōs Cīvitātibus Foederātīs genitōs; captus amōre, Stevenson amāvit eam. Illa post duōs annōs fēcit dīvortium cum suō marītō, et Stevensn suōs larēs tulit ad Californiam ut possent ūnā dūcere suās vītās. Illī nūptī sunt annō 1880. Stevenson scrīpsit multās fābulās et līberīs et adultīs, et fuit fāmōsus in suā vītā. *Doctor Jekyll et Dominus Hyde* erat ēditum in lūcem annō 1886; hoc opus firmē affirmāvit ejus fāmam. Opera bene nōta Stevenson inclūdunt *Raptus*, *Īnsula Thēsauria*, *Catriōna*, *Itinera cum Asinō*, et *Dominus Ille Ballantrae*. Stevenson Sāmoae mortuus est diē 3 Decembris 1894, 44 annōs nātus.

Īnsolitus Cāsus Doctōris Jekyll et Dominī Hyde

Caput I

Fābula dē Ōstiō

Dominus Utterson fuit jūris cōnsultus quī faciem asperam numquam rīsū levātam habuit. Ipse quidem frīgidus et angustus fuit atque colloquiīs pudendus et sententiīs āversus. Quī etiam fuit macilentus et longus, necnōn pulverulentus et inurbānus; attamen quōddam modō amābilis fuit. Convīviīs placidīs quum vīnum eī saperet bene, quaedam rēs perquam hūmāna in oculīs ejus fulsit quae quidem numquam ē sententiīs ejus appāruit. Illa rēs relevāta est nōn modo silentiīs post cēnam mōmentīs sed saepius et sonōrius āctīs vītae cotīdiānīs. Ipse sēcum austērus fuit. Sōlus junipērātum bibit ut suum gustātum merōrum supprimeret; quamquam amāvit scaenās, nōn līmina alicujus scaenae vīgintī annōs trānsiit. Aliōs hominēs enim bene tolerāvit quum cōnsīderāret, paene invidiōsus, asperōs animōs eōrum esse involūtōs fraudibus. Ipse inclīnāvit sē ut eōs juvāret magis quam reprobāret. "Ad haeresim Cain inclīnō," quondam blandē inquit. "Permittō meum frātrem usque ad diabolum īre modō ejus singulārī." Tālem persōnam induēns, ipse saepe fīēbat īnfimus amīcus ac īnfima auctōritās hominibus Orcum dēscendentibus. Numquam ipse suōs habitūs paululum mūtāvit tālibus hominibus quum illī domicilium ejus vīsitārent.

Quae cōnsuētūdō erat placida dominō Utterson; praecipuē quod ipse valdē impassibilis et placidus fuit et similī modō cūrāvit suās amīcitiās. Proinde ipse modestus fuit et accēpit eōs prīmōs sodālēs conventōs; fuit mōs jūris cōnsultī. Cognātī

3

familiārēs fuērunt amīcī aut hominēs quōs longissimō nōverit; affectūs ejus, tamquam hedera, erant tempore fōrmātī et cōnfirmāvērunt essentiam rērum continēre nihil aptum. Inde hoc vinculum amīcitiae ligāverat eum dominō Richardō, amīcō remōtō et nōtō per tōtum vīcum. Quaedam nux deinde erat fatīscenda multīs: quōmodo poterant esse bonī amīcī ac bona argūmenta disserere? Nōn nūllī hominēs quī convēnērunt eōs ambulantēs, nārrāvērunt īnsolita facta eōrum diē Sōlis; illī semper speciēs stolidās gerentēs nōn loquēbantur et enim celebrābant quemquam hominem quī venīret obviam eīs. Nihilōminus, uterque eōrum putāvit suās peregrīnātiōnēs esse magnī mōmentī. Cōnsīderāvērunt tālia itinera esse gemmam pretiōsissimam cujusque hebdomadis, et nōn modo dēposuērunt occāsiōnēs placidās sed etiam omnia sua negōtia ut possent suās ambulātiōnēs sine ūllā morā dēlectāre.

Accidit ōlim ut ambulātiō quaedam dēdūceret eōs in sēmitam crēbram Londīniī. Illa via parva erat tacita, sed sustinuit quoddam commercium vīvāx post septimānam. Incolae vidēbantur bene valēre, et omnēs spērābant sē posse potius valēre; uterque superbē strāvit suum cumulum compendiōrum, et eae popīnae affābilēs stābant secundum eam sēmitam tamquam rīdentēs caupōnae. Diē Sōlis sēmita paene inānis concēlābat suam flōridam venustātem, sed ea nitēbat eō sordidō vīcō, quīdam ignis in silvā; illa sēmita placēbat oculīs viātōrum, et habēbat foriculās repictās, orichalca polīta, nec nōn quandam munditiam et laetitiam merentem fāmam.

Inter ōrdinēs mercātōrum cohors exstitit, et habuit suum introitum prope angulum viae (sōlum duo ōstia erant propiōra); quoddam sinistrum et crassum aedificium injacēbat suum fastīgium suprā viam. Aedificium habuit duo tabulāta, et ostendit nūllās fenestrās aut alteram partem praeter ūnum ōstium prīmō tabulātō et parietēs dēcolōrātōs secondō tabulātō fōrmantēs quendam caecum frontem. Signa sordida et aeterna negligentiae ubīque fuērunt. Ōstium ipsum neu tintinnābulō neu pultāriō cīnctum, erat rāsum et degluptum. Pauperēs rēpsērunt

in recessūs aedificiī et accendērunt sulphurata in mūrīs externīs; līberī etiam cōnstituērunt aedificāre suās popīnās suprā prīmās scālās atque discipulus quīdam exercēre suum cultrum cȳmatiīs mūrōrum. Nēmō umquam remōvit eōs hospitēs aut mundāvit menda eōrum paene per tōtam aetātem.

Adversā viā, dominus Enfield et jūris cōnsultus stābant; nam dominus ille ēlevāvit et dīrēxit suum baculum prope līmen aedificiī.

"Cōnsīderāstī umquam illud ōstium?" rogāvit ille. Ejus amīcus annuit. "In meā mente, connexī hoc ōstium ad quandam valdē īnsolitam fābellam," ille addidit.

"Ain' tū?" inquit dominus Utterson murmurāns, "quid erat factum?"

"Hoc erat factum," retulit dominus Enfield: "Nam asperā hieme regrediēbar ab aliquō remōtō locō circā tertiam hōram mātūtīnam, et mea profectiō extendit eam per partem oppidī ubi nihil erat vīsum praeter lumina lampadum. Multīs viīs praeteritīs, omnēs hominēs dormiēbant et omnia lūmina erant incēnsa quasi iūcundae pompae, ac omnēs sēmitae erant inānēs sīcut quaelibet nocte ecclēsia. Tandem quōdam modō cōgitābam quō hominēs possent omnia timidē attendere; inde incipiēbam quicquam signum vigilium dēsīderāre. Subitō duās figūrās adumbrātās īnspexī; ūna fuit parvus homō quī plumbeīs pedibus festīnāret ad orientem ac altera fuit puella quae dēcurreret quam maximē posset per sēmitam. Nātūrāliter, domine, alter alterum contigit angulō viae et deinde aliquid horrificum erat āctum. Quī homō lentē calcāvit corpus puellae et eam humō clāmantem relīquit. Forsitan nōn sit horrificum tibi audīre, sed erat perquam malum mihi vidēre. Nōn fuit hūmānus; fuit, crēde mihi, similis cuidam *jagannāthāya*!² Egomet deinde exclāmāvī celeriterque istum hominem cēpī et eum in eundem angulum retulī ubi erat iam grex silēns circā illam puellam clāmantem. Ille fuit tranquillus, enim vērō assentiēns; at ūnum rīsum mihi dedit tam improbum ut sūdor suprā meum corpus flueret. Hominēs praesentēs erant familia puellae, sed

7

mox medicus aderat quem vocāverant. Itaque ipsa puella nōn erat multum laesa, sed ea erat territa dē medicō. Fortasse jam putās tōtam fābulam esse fīnītam; est autem ūna cūriōsa circumstantia. Scīlicet, nūllō modō amābam nostrum dominum illā nocte, et similī modo familia puellae; quod erat nātūrā datum; īnsolitus cāsus medicī, autem, mē obstupuit. Ille fuit pharmacista cotīdiānus sine ūllā pecūliārī aetāte seu colōre, quī accentum asperum Edinburgēnsem habēret et eōsdem sēnsūs tībiae utriculāris. Rēapse erat similis nōbīs. Postquam captīvam īnspexit, ille pharmacista aeger et albus habēbat magnum dēsīderium interficiendī eum. Mea cōgitāmenta scīlicet erant eadem, sed incommodē nōn poterāmus illum hominem interficere; necesse erat nōbīs quandam secundam optiōnem sēligere. Explicāvimus ut posset esse dēfāmātus et nōmen ejus posset per omnēs viās Londīniī fētēre. Prōmīsimus eum perditūrum esse suōs amīcōs, si habēbat ūllōs amīcōs. Quum eō nōs eum castīgārēmus, prohibuimus multās fēminās īrātās ad eum ingredientēs quam optimē potuimus; nam eae erant ferae sīcut harpȳiae; numquam in meā vītā spectāvī tantās faciēs īrātās. Etiam in mediō eārum homō deridebat et praebebat quandam atram frīgiditātem; poteram quoque vidēre eum esse territum, sed ille libenter agēbat suum fātum tamquam Satanās. "Sī quoddam lucrum vōbīs merendum est," inquit, "nūllō modō possum vōs prohibēre. Nūllus dominus vult aliquid aliud quam ēvādere tōtam scaenam," inquit. "Effāminī tuum pretium." Ille deinde miserē centum pondera familiae puellae dedit; quippe quī volēbat jūrgāre dē pactō; sed recognōvit quandam rem significāsse exitium dē nōbīs, et tandem cōnsēnsit. Itaque necesse erat nōbīs pecūniam ejus obtinēre; exinde mīrō in modō ille nōs in īnsolitum locum dūxit suamque clāvem prōmpsit et ōstium aedificiī introīvit. Posteā regressus est et ille praebuit decem pondera aurī et syngrapham nummāriam quōdam nōmine subscrīptam quae erat dēpōnenda crēditōrī. Quod nōmen nōn possum adhūc dīvulgāre (quamvīs meō argūmentō prōsit), sed erat saltem nōmen bene nōtum et saepe subscrīptum. Lucrum

erat parvī pretiī, sed subscrīptiō majōris (sī vēra esset). Quā dē causā līberē explicāvī nōs suspexisse eum agentem īnsolita facta quoniam nēmō quārtā hōrā mātūtīnā potest in quandam cellam introīre et ex nihilō habēre syngrapham nummāriam subscrīptam ab aliō homine quae est centum ponderum. Attamen homō fuit tranquillus et illūsōrius. "Sine cūrā sīs," inquit, "manēbō apud vōs et quum argentāria est aperta, poterō illam syngrapham nummāriam palam vōbīs dēpōnere." Itaque nōs ingressī sumus, nōminātim medicus, pater puellae, noster dominus, et ego ut dēgerēmus illam noctem relictam in meā domō. Diē proximō post jentāculum, nōs ūnā ingressī sumus ad argentāriam. Ego syngrapham nummāriam dedī argentāriō et explicāvī ut putārem eam, rē vērā, esse falsam. Nūllō modō autem fīēbat; syngrapha nummāria illa erat vēra."

"Attat!" inquit dominus Utterson.

"Bene, intellegō tē similī modo sentīre," inquit dominus Enfield. "Ita, mala fābula est. Nam meus homō erat enim damnātus et improbus omnibus hominibus; alter homō, autem, quī composuit eam syngrapham nummāriam et scrīpsit suum nōmen, est ille magister mōrum ubīque celebrātus et comes imbūtus bonīs mōribus opīniōne multōrum. Suspicor eum esse corruptum; forsitan ille est honestus homō quī multam pecūniam solverit ad sua antīqua sēcrēta legenda. Nōmināvī posteā eum locum cum ōstiō, Domum Corruptam. Nōmen scīlicet nōn explicat omnia facta," addidit ille, suīs verbīs jam in frīvolam cōnsīderātiōnem cadentibus.

Ille experrēctus est ē suīs cōgitāmentīs quum dominus Utterson rogāvit: "Scīsne an scrīptor syngraphae nummāriae illīc habitet?"

"Crēdibilis locus, nonne?" retulit dominus Enfield. "Habitat in aliō vīcō; annotāvī ejus īnscrīptiōnem cursuālem."

"Numquam dē illō locō, dē locō cum ōstiō rogāstī?"

"Minimē, domine. Sum dē tālibus rēbus timidus," vōciferātus est ille. "Opīniōnem firmam dē quaestiōnibus teneō; interrogātiō est nimis similis Diēī Jūdiciī. Quandōcumque

11

incohās ūnam quaestiōnem rogāre, incohās enim saxum volvere.
Tū sedēs silēns suprā quendam collem, et saxum modo mōtum
volvit deorsum, conciēns alia saxa obvia; quidem blandus vetu-
lus est dēnique percussus capite in suō hortō et tua familia dēbet
suum nōmen mūtāre. Minimē, domine, est rēgula mihi: sī quid
speciem īnsolitam habeat, nūllam interrogātiōnem incipiam."
"Bonam rēgulam, quoque," inquit jūris cōnsultus.
"Etenim illum locum īnspexī," addidit dominus Enfield. "Vix
est domus. Nōn alterum ōstium habet ac nēmō illum ōstium
intrat sīve exit praeter rārissimē illum bonum hominem meae
fābulae. Trēs fenestrae sunt quae prīmō tabulātō īnspiciunt
quoddam peristȳlum et nūlla fenestra īnfera est, et illae fenestrae
semper sunt clausae sed mundae. Camīnus exstat quī cotīdiē
fūmat. Aliquis sine dubiō illīc habitat. Attamen nōn certus sum;
nam aedificia tam compressa sunt circā illud peristȳlum ut sit
difficile mihi dīcere utrum ūnus incipiat et alter fīniat." Hominēs
aliquandō silentēs ambulāvērunt.
"Enfield, rēgulam bonam habēs" inquit dominus Utterson.
"Ita, concurrō," Enfield respondit.
"Summātim, ūnam quaestiōnem tibi habeō," perrēxit jūris
cōnsultus. "Volō scīre quid sit nōmen hominī quī calcāverit eam
parvam puellam?"
"Possum hoc aenigma ēnōdāre tibi. Nōmen est Hyde," inquit
Enfield.
"Mīrum," Utterson inquit. "Cujus generis est hic homō?"
"Nōn est facile mihi eum dēscrībere. Ejus speciēs habet aliquid
īnsolitum, dētestābile et nefārium. Numquam hominem tam
dētestābilem quam eum agnōvī; vix possum meam ratiōnem tibi
dare. Asperam speciem dēfōrmitātis habet; haud possum meam
nōtiōnem explicāre. Ipse est speciē extraōrdinārius, at nōn possum quandam rem ēgregiam tibi notāre. Ita, domine; nōn valeō
quandam rem īnsolitam dēlīneāre. Nōn habeō facultātem
dēscrībendī eum, sed scīlicet bonam memoriam omnium
āctōrum illā nocte habeō. Nam, ut vērē dīcam, possum adhūc
ejus speciem in meā mente vidēre."

13

Dominus Utterson rūrsus silēns ambulāvit, compressus magnō pondere cōnsīderātiōnis. "Esne certus eum ūsum esse clāve?" tandem inquīsīvit ille.

"Mī cāre domine…" dixit Enfield stupefactus.

"Ita, sciō," Utterson inquit; "sciō sine dubiō tōtam rem īnsolitam esse. Nōn nōmen hominis rogō quoniam nōmen ejus enim vērō sciō. Ō Richarde, tua fābula, quaedam fāma, volābit per omnēs vīcōs; sī nārrāstī rēs fallācēs, oportet tibi statim corrigere tua menda."

"Putō tē bene mē monuisse," respondit alter paulum maestus. "Nārrāvī meam fābulam quōmodo astūtē magister nārrāret eam. Clāvem habēbat, et jam clāvem habet; quod est magnī mōmentī. Spectāvī eum īnserentem eam clāvem in ōstium hāc septimānā."

Dominus Utterson spīrāvit, sed prōjēcit nūllum verbum; ille juvenis deinde perrēxit. "Alteram monitiōnem nōbīs habeō quae dictat nōs dēbeāmus nihil dīcere," inquit. "Lūbricam linguam habeō; pudet mē. Pactum itaque intrandum est nōbīs nē dē hāc rē loquāmur."

"Tōtō corde assentior," inquit jūris cōnsultus. "Dexterās jungam, Richarde."

CAPUT II

INQUĪSĪTIŌ DOMINĪ HYDE

Vesperī, dominus Utterson jam sōlemnis domicilium suum regressus est et in suā culīnā sine laetitiā sēdit. Mōrēs diē Sōlis dictāvērunt eī ut sedēret cēnā cōnsūmptā prope ignem et quendam librum et taediōsum et religiōsum in suum scrīnium habēret, dōnec hōrologium ecclēsiae duodecimā hōrā clangēbat quod dēsignāvit ipse dēbeat et lepidē et placidē cubitum īre; hāc nocte, autem, mappā cēnae pūrgātā, candēlam quandam cēpit et tablīnum suum īvit. Arcam magnam illīc aperuit et īmā parte involūcrum nōmine testāmentum Dominī Jekyll remōvit; adumbrātus candēlā salientī sēdit ut documentum attentē īnspiceret. Testāmentum fuit manuscrīptum, et quamvīs dominus Utterson testāmentum Jekyll cūstōdit, nūllam partem parāvit aut scrīpsit. Quod testāmentum cōnstituit ut cāsū obitūs Hēnrīcī Jekyll, M.D., D.C.L., L.L.D., F.R.S., etc, omnia reliqua dēbeant succēdere in manūs Edwardī Hyde, suī cūstōdis et amīcī, sed cāsū dēcessiōnis sīve abitūs ignōtī post trēs mēnsēs, Edwardus Hyde dēbeat statim intrāre in vestīgia Hēnrīcī Jekyll; inde ille sit līberātus ā quālibet obligātiōne aut operā post parvam pēnsiōnem solvendam familiāribus medicī. Hoc documentum erat dolōrōsum eī; offendit eum duōbus modīs quoniam ipse fuit jūris cōnsultus et sānās commodāsque partēs vītae amāvit; quī suō animō crēdidit ēlegantiam esse immodestiam. In prīmīs ignōrantia dominī Hyde genuerat indignātiōnem, nunc scientia. Satis malum fuit illud nōmen ignōtum hominis; at nōmen malīs

17

attribūtīs indūtum fuit pejus. Itaque quaedam theōria ex umbrōsīs nebulīs opprimentibus ēmersit et ejus mentem agitāvit.

"In prīmīs testāmentum esse īnsānum putāvī," inquit ille, dēpōnēns obnoxium testāmentum in arcam. "Jam vereor nē testāmentum tōtum sit dēfōrmātum."

Candēlam spīritū exstīnxit magnumque amictum induit et in Cavendish Forum ingressus est. Quō castellō medicīnae, quīdam medicus magnificus nōmine Lanyon, quī fuit amīcus ejus, cōnstitit suam domum et eō recēpit turbam magnam morbōrum. "Sī quisquam dē hāc rē sciat, erit Lanyon," cōgitāvit.

Sōlemnis minister agnōvit et complexus est eum; ipse nūllō modō erat morātus, sed erat dēductus ex ātriō in trīclīnium quō doctor Lanyon sedēbat sōlus et suum vīnum potabat. Ipse fuit dominus vigōrātus et sānus, rutilus et cōmptus quī capillōs hīc et illīc cānōs mātūrē habēret ac speciem animātam et candidam omnibus praebēret. Dominō Utterson cōnspectō, salīvit ē suā sellā et eum ambābus manibus complexus est. Quae affābilitās fuit propria huic dominō et theātrica oculīs omnium; erat imbūta sēnsibus vērīs. Nam antīquī amīcī et comitēs scholae et ūniversitātis fuērunt. Uterque sē et suum amīcum respexit et suam amīcitiam amāvit. Quod scīlicet nōn semper vērum est dē amīcīs prīscīs.

Pauca minūta blaterāvērunt, et jūris cōnsultus incēpit argūmentum ipsum explicāre quod incommodē turbābat ejus mentem.

"Crēdō, Lanyon," inquit, "nōs antīquissimōs amīcōs esse Hēnrīcī Jekyll."

"Utinam essēmus juveniōrēs amīcī," rīsit medicus Lanyon. "Sed, vērum est. Quid novī? Conveniō eum rārissimē hīs diēbus."

"Ain' tū?" inquit Utterson. "Putāvī vōs eandem cūram medicīnae habēre."

"Ōlim," respondit ille. "At decem annōs abhinc, Hēnrīcus Jekyll erat nimis extrāōrdinārius mihi. Incēpit suam mentem mala in cōgitāmenta summergere, et quamvīs scīlicet secūtus

sum ejus negōtia dēsīderāns praeteritās memoriās recolere (ut nōn nūllī hominēs sunt solitī), rārissimē eum videō aut enim vīdī. Tanta stulta argūmenta," addidit medicus ille purpureus, "possunt etiam amīcitiam inter Dāmōnem et Phintiān perdere." Quae parva excitātiō affectīva quōdam modō levātiō fuit dominō Utterson. "Discrepuērunt tantum dē ratiōnibus scientificīs," cōgitāvit; et ipse, quī nōn habēbat passiōnēs scientificās (arte rhētoricā exclūsā), tum addidit: "ultrā hoc argūmentum, nihil est!" Dedit pauca mōmenta suō amīcō ut compōneret sē ipsum, et deinde intrōdūxit suam ultimam quaestiōnem, quam quaestiōnem ille voluit in prīmīs praepōnere. "Quendam discipulum, nōmine Hyde, umquam eum convēnistī?" rogāvit ille. "Hyde?" repetīvit Lanyon. "Ēn nōn. Nihil in meā vītā audīvī dē illō homine."

Jūris cōnsultus retulit hoc indicium sibi quum in suō magnō ātrōque lectulō recumbēbat ubi suum corpus hīc et illīc jacuit dōnec parvae hōrae mātūtīnae incipiēbant esse magnae. Nox nōn fuit facilis dominō Utterson quī mentem dolentem habēbat, rēapse dolentem in vastīs tenebrīs, oppressam ā quaestiōnibus.

Sextā hōrā tintinnābula ecclēsiae resonāvērunt quae erant commodē juxtā domicilium dominī Utterson, et eō tempore ipse hoc magnum aenigma ponderābat. Quod aenigma sōlum adhūc turbāvit ejus vītam intellēctuālem; ejus imāginātiō, autem, erat jam agitāta, saltem mōta; recumbēns in suō cubiculō vēlātō ipse turbātus sordidīs tenebrīs noctīs spectābat fābulam ā dominō Enfield nārrātam saltantem ante ejus oculōs, quoddam volūmen pictūrārum vīvācium. Ille deinde magnum agrum lampadum cīvitāte nocturnā somniāvit; tunc spectāvit quandam figūram hominis celeriter festīnantem et puellam ē medicō currentem; quum illī hominēs convēnissent, ipse *jagannāthaḥ* inhūmānus illam puellam calcāvit et sine cūrā clāmōris praeterīvit; aliō somniō, domum opīmam vīdit ubi ejus amīcus et recumbēns et dormiēns somniābat et rīdēbat dē suīs somniīs; exinde ōstium erat reserātum cubiculī, vēla lectulī ēvulsa, et ille dormiēns experrēctus, et bombax! Quaedam figūra erat prope eum cui

21

magna potentia erat data; eā hōrā vespertīnā erat magnī mōmentī eī surgere et suum negōtium agere. Quae figūra dominavit jūris cōnsultum duōbus nocturnīs somniīs. Sī ille somniāret, rēperet fūrtim per aedēs somnīculōsōrum domiciliōrum aut rapidē festīnāret paene īnfirmus per labyrinthōs cīvitātis lampadum. Omnibus angulīs, quandam puellam comprimēbat et eam clāmantem relīquit. Ille nōn poterat figūram recognōscere quia figūra nōn faciem habēbat, etiam suīs somniīs; saltem ea figūra gerēbat quandam faciem quae eum cōnfundēbat et ante ejus oculōs liquēbat. Itaque quaedam cūriōsitās surgēbat et enim crēscēbat in mente jūris cōnsultī; ipsa singulātim potēns et paene inōrdināta cūriōsitās pepulit quoddam dēsīderium intuendī hominem nōmine Hyde. Sī posset semel illum hominem īnspicere, putāvit hoc aenigma esset illūminātum aut fortasse totidem resolūtum tamquam omnēs rēs mirae post exiguam exāminātiōnem sunt patefactae. Forsitan invenīret causam hujus īnsolitae assiduitātis aut captīvitātis (quodlibet nōmen sēligitō) quam ejus amīcus habēbat, et ēnōdāret illās formīdulōsās sectiōnēs testāmentī. Faciēs erat videnda hujus hominis: quī nūllōs sēnsūs misericordiae habēbat. Illa faciēs poterat, praebendō sēsē, excitāre perpetuam īrācundiam in illā fortī mente Enfield.

Exinde, dominus Utterson incepit ōstium prope viam popīnārum frequentāre. Jūris cōnsultus ipse erat semper inventus omnibus mōmentīs sōlitūdinis et colloquiī in illā statiōne sēlēctā. Quī prope ōstium inventus erat in hōrīs mātūtīnīs ubi nōn erant officia, in hōrīs merīdiānīs ubi officia erant multa, et tempora exigua, et in hōrīs nocturnīs ubi lūna nebulōsa cīvitātis lūcēbat

"Sī est dominus Hyde," putāvit ille, "ego sum dominus *Seek.*"

Tandem patientia retribuit bonam fortūnam eī. Quaedam nox sicca et lepida fuit; āēr gelidus erat, et viae illae erant tam mundae quam pavīmenta saltātōribus. Lampadēs nōn erant ventīs mōtae et saltantēs per tenebrās fingēbant fōrmās lūminōsās. Decimā hōrā quum tabernae erant clausae, sēmita erat inānis et

silēns dummodo ille fremitus Londīniī nōn multum lātrāret. Parvī sonī poterant in altīs locīs resonāre, et domesticī sonī erant facile audītī ambōbus lateribus viae; ingressiō hominis poterat esse enim recepta antequam quisquam homō erat in distantiā vīsus. Dominus Utterson pauca minūta stābat suā statiōne quum animadvertit quendam īnsolitum et levem gressum sē appropinquantem. Utterson perēgit multās nocturnās ambulātiōnēs, et poterat recognōscere illum sonum pedum in illō vastō murmure et in illō crepitū cīvitātis. Attentiō Utterson numquam erat tam ācriter et acūtē dīrēcta ad quemquam sonum. Et ille ingressus est in introitum cohortis vidēns superstitiōsē et vīvidē suam victōriam.

Pedēs hominis propius movēbant et sonōrius crēscēbant dum illī līmen viae transiunt. Introitū cohortis, jūris cōnsultus ille prōspiciēbat, et poterat eō speciem hominis vidēre quae erat tractanda. Ille fuit parvus et induēbat vestīmenta simplicia; faciēs ejus erat, ēn in illā distantiā, dētestābilis spcctātōribus. At illa figūra rēctē adveniēbat ōstium, et trānsībat viam ita ut pauca secunda servāret. Clāve dēprōmptā, adveniēbat ante illud ōstium tamquam quisquam homō vēnit suam domum.

Dominus Utterson ēgressus est; umerum figūrae praetereuntis tetigit. "Nōnne tū Dominus Hyde?"

Dominus Hyde resiluit spīrāns. Timor mōmentārius fuit; ille nōn intūtus est vultum jūris cōnsultī, sed respondit satis placidē: "Quod est mihi nōmen. Quid tibi vīs?"

"Videō tē hoc aedificium introīre," respondit jūris cōnsultus. "Ego antīquus amīcus doctōris Jekyll sum, dominus Utterson, viae Gaunt; crēdendum est tē aliquandō meum nōmen audīsse; convenienter convēnī tē, forte, potes mē admittere in domicilium Jekyll."

"Nūllum medicum nōmine Jekyll inveniēs; ille nōn adest," respondit dominus Hyde īnserēns firmē suam clāvem. "Quōmodo mē cognōvistī?" subitō rogāvit ille vultū nōn ēlevātō.

"Potesne, quaesō, mē juvāre?" inquit dominus Utterson.

"Libenter," respondit alter. "Quid agendum est?"

"Permittēs mihi tuam faciem vidēre?" rogāvit jūris cōnsultus.

Dominus Hyde in prīmīs haesitābat et tandem, et quaedam contemplātiō magna cōnsūmpsit ejus mentem, contumāx praebuit suum vultum; alter alterum oculīs intentīs paulātim īnspiciēbat. "Possum nunc aliās tuam faciem recognōscere," inquit Utterson. "Ūtile sit."

"Sānē," inquit Hyde. "Nōs convēnimus, quod bonum est; tū potes etiam meam īnscrīptiōnem cursuālem habēre." Ille suum numerum cujusdam viae in Sohōne dedit.

"Ō mī Deus!" cōgitāvit dominus Utterson, "num ipse quoque testāmentum cōnsīderat?" At omnēs eās sententiās in suō pectore concēlāvit; simpliciter annuit quum īnscrīptiōnem cursuālem reciperet.

"Nunc, quōmodo mē agnōvistī?" inquit alter dominus.

"Dēscrīptiōne," respōnsum fuit.

"Cujus dēscrīptiōne?"

"Amīcōs commūnēs habēmus," inquit dominus Utterson.

"Commūnēs amīcōs," asperē repetīvit dominus Hyde. "Quī sunt?"

"Jekyll, exemplī grātiā," inquit jūris cōnsultus.

"Jekyll *nihil* tibi dīxit," īrāscēns clāmāvit dominus Hyde. "Nōn putābam tē esse fallācem."

"Agedum," inquit dominus Utterson, "quae verba nōn sunt tibi idōnea."

Dominus alter quōdam rīsū sinistrō ganniēns, aperuit celerrimē suum ōstium et ēvānuit in suam domum.

Jūris cōnsultus paulātim stābat postquam dominus Hyde eum relīquit; imāgō fuit inquiēta. Tunc coepit lentē sēmitam sequēns ingredī; post paucōs passūs dēsinit et suum frontem tersit quasi homō affectus aporiā. Argūmentum, quod ambulandō contemplābat, erat cujusdam generis rārissimē solūtum. Dominus Hyde cānus et similis nānī fuit quī impressiōnem dēfōrmitātis omnibus praebuit sine obviīs maculīs. Haud placidum rīsum habuit et sē ipsum praebuit jūris cōnsultō cum quādam mixtūrā timōris et audentiae, ac asperā paene īnfrāctā

27

vōce murmurāns locūtus est. Quae erant ēvidentia contrā eum, sed haec omnia nōn hāctenus poterant explicāre illam invidiam, timōrem, et īram quibuscum dominus Utterson eum cōnsīderāvit. "Aliquid alterum est," inquit dominus perplexus. "Aliquid alterum et majus; utinam quoddam nōmen hujus reī invenīre possim. Ō deus benedīc mē. Ille homō haud hūmānus est! An dicāmus ille sit quīdam troglodyta? An habēmus illam prīscam fābulam dē Sabidiō?[3] An argillōsum corpus penetrātum et dēfōrmātum flammīs foedī animī? Reor ultimam rem esse vēram. Nam, mī miser Harrī Jekyll, sī quicquam signum Satanae in faciē hominis īnspexī, id erat īnspectum in illā faciē tuī novī amīcī."

Circā angulum sēmitae, fuit forum et antīquārum et mundārum domōrum quae cecidērunt ā suō apice, et jam dedērunt sua cubicula conclāviaque omnibus hominibus: cartographistīs, architectīs, jūris cōnsultīs suspīciōsīs, et etiam artificibus obscūrōrum āctōrum. Quae domus autem, sccunda ab angulō erat occupāta; et dominus Utterson dēstitit et pulsāvit ante ōstium commodum et opīmum hujus domūs quamquam ea domus erat immersē in tenebrīs (ūnō lūmine fenestrae lūnāris exceptō). Quīdam senex minister bene indūtus deinde ōstium aperuit. "Scīsne an dominus Jekyll sit domī, Poole?" rogāvit jūris cōnsultus.

"Vidēbō, domine Utterson," inquit Poole suum hospitem admittēns in largam et commodam aulam cōnstrātam vēxillīs et calefactam magnō candidō et apertō ignī (similī modō domibus rūsticīs); quae aula erat ōrnāta cum armāriīs magnificīs rōboris. "Placetne tibi, domine, manēre prope ignem? An dēbeō lūmen tibi dare in trīclīniō?"

"Manēbō hīc, grātiās tibi," inquit jūris cōnsultus quī altō focō nītēbātur. Quae aula ubi sōlus erat relictus, erat lubīdō quaedam amīcō ejus, illō medicō; Utterson ipse solēbat dīcere quod illa aula placidissimum conclāve erat in tōtā cīvitāte Londīniī. Illā nocte autem ejus sanguis erat congelātus. Faciēs dominī Hyde erat impressa in ejus memoriā; etiam sentiēbat (quod erat rārum)

quandam nauseam nec nōn odium vītae. Itaque immersus suīs tenebrōsīs spīritibus, inveniēbat maestitiam intus ignī nītentī quī saliēbat in armāria polīta, et umbrā nātīvā quae cōnsūmēbat tēctum aulae. Sēnsūs subsidiī pudēbat Utterson quum Poole regressus est ut nūntiāret dominum Jekyll abesse.

"Vīdī dominus Hyde introīret per illud antīquum ōstium conclāvis dissēctiōnis, Poole," inquit. "Hoc bonum est dum Jekyll ā domō abest?"

"Bonum est, mi domne, domine Utterson," respondit minister. "Dominus Hyde habet suam ūnicam, propriam clāvem."

"Tuus dominus multum cōnfīdit in illō juvenī, Poole," resūmpsit alter mūsīvus.

"Ita est, domine, multum" inquit Poole. "Nōs dēbēmus eī pārēre."

"Egone numquam dominum Hyde convēnī?" rogāvit Utterson.

"Haudquāquam, domine. Numquam hīc cēnāvit," respondit minister. "Ēn in hāc parte domūs, eum rārissimē vidēmus; ille generātim et venit et exit per labōrātōrium."

"Bene, bonam noctem, Poole."

"Bonam noctem, domine Utterson."

Exinde jūris cōnsultus ponderōsō corde ingressus est suam domum. "Miser Harrī Jekyll," cōgitāvit ipse, "nōn dubitō quīn altae undae immerserint eum! Juvenibus annīs, fuit audāx; erat multum anteā, sed lēgēs Deī habent nūllum statum līmitātiōnis. Heu, intellegō hanc rem; ille habet lārvam vitiī seu cancer pudōris concēlātum. Claudō pede poena advēnit quum ille oblītus est suae culpae et cōnsēnsit suīs peccātīs." Jūris cōnsultus territus suīs cōgitāmentīs cōnsīderāvit breviter omnēs rēs gestās, et enim suās memoriās ita ut invenīret forte quoddam antīquum *diable en boîte*[4] quod salīret in lūmen diēī. Historia doctōris Jekyll erat plūs minusve pūra; paucī hominēs possunt omnia fāta suae vītae revolvere parviōre ānxietāte quam dominus ille; ejus nefāria ācta humiliāvērunt eum in humum, et ipse erat resurrēctus in sānam et timidam gratitūdinem ab omnibus malīs quae

appropinquāvit sed numquam, Deī grātiā, attigit. Tunc suum praeteritum contemplāns, ille erat incēnsus ūnā scintillā speī. "Hic dominus Hyde, sī exāminārētur," cōgitāvit ipse, "dēbet sēcrēta ūnica habēre; ātra sēcrēta, ā speciē ejus; sēcrēta quae possint illa pessima sēcrēta dominī Jekyll mūtāre in aprīcās memoriās. Hōc modō omnia nōn pergere possunt. Sanguine congelātō, cōnsīderō illam bēstiam, quendam fūrem, quae arrēpit ad lectulum doctōris Jekyll. Miser Harrī, quam magna est haec vigilātiō! Perīculum tōtīus reī; sī nam Hyde existentiam testāmentī suspicerētur, forsitan patientiā careret, et impetum quendam inciperet ut omnia hērēditāret. Ēheu, dēbeō jam assiduē labōrāre—sī Jekyll permittet," addidit ille, "sōlum sī Jekyll permittet." Iterum spectāvit ante suōs oculōs illās īnsolitās sectiōnēs testāmentī tam clārās quam eās esse trānslūcidās.

Caput III

Doctor Jekyll
Erat Bene Relevātus

Post duās septimānās, bonae fortūnae grātiā, medicus quandam placidam cēnam parāvit quīnque seu sex sodālibus quī erant et intelligentēs et honestī hominēs nec nōn bonī jūdicēs vīnī. Itaque dominus Utterson cōnstituit ut remanērct postquam omnēs hominēs exīvissent. Nōn erat novum cōnsilium, sed multīs occāsiōnibus accidit. Dominus Utterson erat ubīque amātus, rēapse multum amātus. Hostēs semper volēbant adhaerēre blandō jūris cōnsultō quum omnēs lenēs et loquācēs hominēs praeterīvērunt līmen domiciliī. Dīligēbant solī sedēre apud tālem modestum hominem quālem Utterson et sānāre suās mentēs fatīgātās sapidō silentiō hujus hominis post multa colloquia laeta. Dominus Jekyll nōn erat exceptus ab hōc mōre; quum Jekyll sedēret prope ignem—ille magnus, fōrmōsus, pūrus vir, quīnquāgintā annōs nātus quī habēbat omnia signa beneficiī et bonitātis—possēs vidēre eum habentem sincērōs callidōs affectūs dominō Utterson.

"Voluī loquī, Jekyll," incēpit alter. "Quod testāmentum tuī, meministī?"

Quisquam īnspector praesēns conclūderet hoc argūmentum esse forsan incommodum; medicus, autem, lepidē perrēxit. "Mī miser Utterson," inquit alter, "tū es miserābilis accipiendō tālem clientem. Numquam convēnī quenquam hominem tam

35

turbātum quam tē īnspicientem meum testāmentum, nisi illum paedagōgum sōlemnem, Lanyon, cōnsīderantem 'meās scientificās haeresēs.' Ō, sciō eum esse bonum sodālem, optimum sodālem—nē īrāscāris! Habeō vērō quoddam dēsīderium vīsitandī eum, sed ille sōlemnis est, quīdam ignōrāns et obvius paedagōgus. Numquam eram tam dējectus ab homine quam ā Lanyon."

"Scīs mē numquam cōnsēnsisse," addidit firmē Utterson, novō argūmentō neglēctō.

"Testāmentum meum? Ita, sciō," inquit medicus ācriter. "anteā dīxistī."

"Repetam." jūris cōnsultus perrēxit. "Nōn nūlla didicī dē juvenī Hyde."

Quae magna et fōrmōsa faciēs Jekyll erat jam pallida ad ejus labia; quaedam tenebrae suīs oculīs advēnērunt. "Nihil aliud audiam," inquit ille. "Hoc est argūmentum quod nōs cōnsēnsimus dēpōnere."

"At audīvī aliquid nefārium!" inquit Utterson.

"Id potest nihil mūtāre. Nōn tenēs meum statum," retulit medicus paulum incomprehēnsibilis. "Ego sum positus in malō locō, Utterson; meus status īnsolitus est, valdē īnsolitus. Loquendō, hoc argūmentum nōn potest mundārī."

"Jekyll," inquit Utterson, "cognōscis mē: sum homō in quō potes cōnfīdere. Hoc dīvulgā in cōnfidentiā, et tua vīscera pūrgā; nōn dubitō quīn possim tē līberāre ab hāc poenā."

"Mī cāre Utterson," inquit medicus, "Quō pactō bonam rem mihi agis, enim bonam rem ēgistī, et nōn possum verba idōnea ad grātiās agendās invenīre. Cōnfīdō prōrsus in tē; et cōnfīderem in tē priusquam aliō homine vīventī, vae, etiam mē ipsō sī possem quemquam, Deī grātiā, sēligere; id nōn est quod putās; nōn tam malum; et ita ut possim tuum bonum cor sānāre, ūnam rem tibi dīcam: quōcumque mōmentō velim, possum dominum Hyde eximere. Manibus nexīs dē hōc jūrō; et grātiās tibi agō, iterum iterumque; sōlum addam ūnum parvum verbum, Utterson,

quoniam sum certus tē posse bene agere: hoc argūmentum prīvātum est, ōrō tē ut permittās id dormīre."

Utterson meditātus est, īnspiciēns illum parvum ignem.

"Tē rēctum esse, nōn dubitō," inquit ipse tandem in pedibus surgēns.

"Bene, quod nōs hoc argūmentum tractāvimus, hoc ultimum argūmentum, ut spērō," perrēxit medicus, "est ūna pars, quam quidem dēbēs intellegere. Quandam magnam cūram habeō in miserō Hyde. Sciō tē eum vīdisse; ille ita dīxit; timeō nē fuerit improbus. Quandam valdē magnam cūram, autem, habeō in illō juvenī homine; sī essem remōtus, Utterson, prōmitte mihi ut auxilium darēs et omnia jūra eī obtinērēs. Suspicor haec facerēs, sī omnia scīrēs; itaque possēs quoddam magnum pondus premēns meam mentem removēre sī prōmitterēs."

"Nōn possum simulāre mē dīligentem eum," inquit jūris cōnsultus.

"Quod nōn requīrō," ōrāvit Jekyll, pōnēns suam manum in brāchium alterīus; "sōlum jūstitiam petō, et sōlum hunc favōrem rogō ut prōvideās auxilium dominō, mē remōtō."

Utterson līberē et graviter ingemuit. "Bene," inquit ille, "prōmittō."

CAPUT IV

CĀSUS CAEDIS CAREW

Paene post ūnum annum, mēnse Octōbris 18—, quoddam crīmen turbāvit Londīnium singulum in suā ferōcitāte et nōtum ab omnibus propter altum gradum victimae. Omnia nōta erant pauca et horrenda. Quaedam ancilla quae sōla habitābat nōn procul ā flūmine, circā ūndecimam hōram īvit cubitum. Quamvīs nebula illīs paucīs hōrīs involvit cīvitātem, vesper nōn induēbat nūbēs, et plēna lūna illūminābat viam quam fenestra ancillae dēspectābat. Ea vidēbātur esse capta amōre; ipsa sedēbat suprā suam arcam quae angustē prope fenestram erat posita, et ea somniīs lāpsa erat. Numquam, (ea fluentibus lacrimīs dīxit quum tōtam experientiam nārrāvit), ipsa erat tam tranquilla aut lepida cōnsīderāns omnēs hominēs aut illum tōtum orbem terrārum. Quum ea sedēbat, illa agnōvit quendam senem fōrmōsumque dominum cum cānīs capillīs quī ambulābat in illā viā, et etiam quendam alterum dominum parvum quī eum appropinquābat; ancilla, autem, non attente curabat eum. Tandem, alter alterum poterat audīre (quod spatium enim erat ante oculōs ancillae), et ille senior dominus inclīnāvit suum caput et alterum dominum ēlēgantissimē salūtāvit. Nōn appārēbat quod illud colloquium salūtātiōnis erat magnī mōmentī; enim vērō, manū extēnsā ille vidēbātur sōlum quaerere dē suō itinere; eō colloquiō, lūna faciem dominī

illūminābat, et puella laeta spectābat faciem dominī, quae ēmittēbat quandam innocentem antīquamque affābilitātem, sed etiam quoddam altum bene fōrmātum sōlācium. Oculīs dīrēctīs ad alterum, ea mīrābātur quendam dominum Hyde quī ōlim ejus dominum vīsitāverat, et eī displacēbat. Quī in suā manū quoddam baculum ponderōsum tenēbat quod ille vibrābat; nūllīs verbīs respondit, et auscultāns continēbat suam impatientiam. Incēnsus magnā īrā, ille subitō humum imprimēbat, suum baculum dēprōmēbat, et sē ipsum gerēbat (ut ancilla nārrāvit) sīcut quīdam īnsānus homō. Senex dominus eō discessit quī erat paulum dēprehēnsus et laesus. Dominus Hyde deinde sua frēna frēgit et eum hominem in humum verberāvit. Ille calcāvit suam victimam, tamquam quaedam īrāta sīmia, et excruciāvit eam verberibus quibus ossa erant apertē frācta et corpus saliēbat in viam. Ancilla hīs aspectibus et sonīs syncopāvit.

Secundā hōrā mātūtīnā ea experrēcta est et vocāvit vigilēs. Interfector jamdūdum abīvit, sed victima ejus in viā jacēbat lacerāta. Baculum quō erat āctum, erat frāctum in mediō (quamquam erat fabricātum ā lignō et rārō et fortī) illō tormentō īnsānae crūdēlitātis; ūna magna pars baculī volvit in canālem propinquum, et altera sine dubiō remōta erat ab illō interfectōre. Marsūpium et hōrologium aureum erant inventa circā corpus victimae, sed ejus chartae erant āmissae, praeter ūnum involūcrum et signātum et impressum quod ille forsan ferēbat ad statiōnem cursūs pūblicī; illud involūcrum erat superscrīptum cum nōmine et īnscrīptiōne cursuālī dominī Utterson.

Proximō māne, hoc involūcrum erat lātum ad jūris cōnsultum antequam ille ē suō lectō surrēxit; et involūcrō īnspectō et circumstantiīs audītīs, ille statim ē suīs sōlemnibus labiīs pepulit. "Nihil dicam dōnec corpus īnspexī," inquit ille; "hoc forsan est valdē grave. Manēte quaesō dum vestīmenta mea induō." Suum jentāculum celeriter cōnsūmpsit et pepulit suam raedam ad

43

statiōnem vigilium ubi corpus erat victimae. Simul atque eam cellam intrāvit, ille annuit.

"Ita," inquit ille, "recognōscō, incommodē, eum esse Danvers Carew."

"Ō Deus, domine," exclāmāvit vigil, "est possibile?" Oculī ejus erant incēnsī professiōnālī ambitiōne. "Resonābit multum per tōtam cīvitātem," inquit ille. "Fortasse potes juvāre nōs ut eum inveniāmus." Exinde is nārrāvit omnia quae ancilla spectāvit, et baculum ruptum deinde praebuit.

In prīmīs quum audiēbat nōmen dominī Hyde, paulum timēbat; quō baculō revēlātō, nōn poterat, autem, dubitāre: quod frāctum et verberātum baculum ille recognōvit. Fuit baculum quod ipse multōs annōs anteā dōnāvit Hēnrīcō Jekyll.

"Hic dominus Hyde, ille est quīdam homō parvī statūrī?" rogāvit ille.

"Ille 'parvus et nefārius est,' est dēscrīptiō ancillae," inquit vigil.

Dominus Utterson cōnsīderāvit; deinde, suō capite ēlevātō, "Comitāre mē in meā raedā," inquit ille, "possum, ut suspicor, dūcere tē ad ejus domum."

Jam circā nōnam hōram mātūtīnam erat, et prīma nebula tempestātis ēmergēbat. Quoddam magnum brunneum velum dēscendēbat super caelum, sed ventī multī vicissim concurrēbant et gerēbant contrā hōs vapōrēs bellicōsōs; dum raeda ipsa rēperet per viās, dominus Utterson poterat multōs mīrōs gradūs et colōrēs crepusculī īnspicere; nam hīc caelum tenebrōsum erat, quoddam postīcum vesperis; illīc caelum erat plēnum sapidō, lūridō, et fulvō candōre, quoddam lūmen cōnflagrātiōnis; quae nebula erat paulisper frācta, et quaedam lassa lux penetrābat inter volventēs corōnās. Utterson observāvit vīcum tenebrōsum Sohōnis in hīs aspectibus mūtantibus; ille notāvit eās viās lutulentās, viātōrēs īnsolitōs, et lampadēs numquam extīnctās aut vicissim incēnsās ad dēpellendam hanc morbōsam

invāsiōnem tenebrārum; nocturna suppressiō immergēbat eam regiōnem cīvitātis. Omnia cōgitāmenta in ejus mente, praettereā, erant tīncta quōdam morbōsō fūcō. Īnspiciēns suum comitem, cōnscius timēbat lēgēs et lēgātōrēs sīcut honestissimī hominēs interdum possunt.

Raedā dēstitā ante īnscrīptiōnem cursuālem indicātam, illa nebula parum ēvānuit et quandam viam sordidam praebuit; ille īnspexit tabernam aquae vītae, tabernam francogallicam, et popīnam librōrum periodicōrum et vīlium holerum; et vīdit multōs sordidōs līberōs compressōs in līminibus ōstiōrum, et multās fēminās multārum nātiōnum, clāve in manū, ēgredientēs ut mātūtīnum pōculum pōtārent. Illa nebula rūrsus dēscendit super illam partem, tam brunnea quam quoddam umbrōsum pigmentum; ea nebula remōvit eum ā suīs putridīs circumjectibus. Haec erat domus dominī Hyde, quī fuit dēlicia doctōris Jekyll; cujusdam hominis quī erat hērēs argentōrum, ducenta quīnquāgintā mīlia argentōrum.

Quaedam fēmina cum quōdam eburneō vultū et cum capillīs argenteīs aperuit jānuam. Ea quandam nefāriam speciem habēbat, hypocrisī polītam; at mōrēs ejus erant excellentēs. Ita, ea dīxit hanc esse domum dominī Hyde, sed dominus ipse nōn aderat; ille vespertīnīs hōrīs regressus erat, et post ūnam hōram ēgressus erat. Hoc non erat īnsolitum. Multīs in modīs habēbat īnsolitās cōnsuētūdinēs, et ille erat saepe absēns. Exemplī grātiā, duōbus mēnsibus praeteritīs, ea nōn convēnit eum, dōnec praeteritō diē.

"Bene sē habet; nōs volumus ejus conclāvia īnspicere," inquit jūris cōnsultus; quum illa fēmina incipiēbat dīcere id esse impossibile, "dēbeō dīcere quis sit hic homō," addidit ille. "Hic homō est īnspector Newcomen Hortī Scōtiae."

Scintilla odiōsae laetitiae in vultū fēminae erat inventa. "Vah," inquit illa, "accūsātus est! Quidnam ēgit?"

Dominus Utterson et īnspector ille, alter alterum, aspiciēbant, "ille nōn vidēbātur esse quaedam persōna populāris," observāvit alter. "Jam, mea bona fēmina, permitte nōbīs haec conclāvia investīgāre."

Tōta domus inānis fuit praeter illam anum; dominus Hyde occupāvit pauca conclāvia, sed haec conclāvia erant sapidē et luxuria et ōrnāta. Armārium bonum vīnum habēbat; fercula erant argentea, et mappae ēlegantēs; bonae pictūrae pendēbant parietibus dōnātis ā dominō Jekyll (ut Utterson putāvit) quia Jekyll quīdam artifex fuit tālium rērum; erant tapētēs textī multīs līneīs et colōre placidī. Illa conclāvia, autem, erant vīsa esse recenter et celeriter spoliāta; sinibus versīs, vestīmenta erant trāns tabulātum strāta; arcae erant apertae, et enim cumulus cinerum in focō jacēbat quasi multae pāginae essent ustae. Īnspector ille hīs cineribus discrēvit quandam postīcam partem viridis librī quae continuit syngraphās nummāriās et restitit forte flammās. Altera pars baculī erat inventa pōne jānuam; suspīciōnibus suīs cōnfirmātis, vigil dēclārāvit sē laetum esse. Posteā vīsitāvērunt argentāriam ubi multa mīlia pondera erant inventa sub nōmine interfectōris; tum laetitia vigilīs erat perfecta.

"Cōnfīde mihi, domine," dīxit ille dominō Utterson: "eum in meīs manibus habēbō. Is est equidem īnsānus seu baculum numquam relinqueret seu syngraphās nummāriās ārdēret. Dēbēmus nihil aliud agere nisi manēre ante argentāriam dīvulgāreque nūntia per cīvitātem."

Haec ultima pars, autem, nōn facile facta erat; nam dominus Hyde paucōs familiārēs retinuit. Ille dominus ancillae sōlum eum bis vīdit; ejus familia nōn poterat esse reperta, et etiam ille numquam erat ā māchinā photographicā captus. Illī paucī hominēs, quī eum dēscrībere possent, differēbant in multīs

modīs tamquam commūnēs spectātōrēs solent. Nihilōminus, circā ūnam rem concurrērunt; Fugitīvus potest imprimere quendam horridum sēnsum dēfōrmitātis in suōs spectātōrēs.

CAPUT V

INCĪDENTIA EPISTULAE

Vesperī dominus Utterson cāsū advēnit ad idem ōstium medicī Jekyll ubi Poole admīsit et dēdūxit eum per multās culīnās et trāns quendam agrum, ōlim hortum, ad illud aedificium saepe appellātum ejus laboratōrium seu conclāve dissectiōnis. Medicus ille ēmit suam domum ab hērēdibus celebrātī chīrūrgī; quum cūrāvisset chēmiam magis quam anatomiam, mūtāvit eam ultimam dēstinātiōnem suae domūs prope postrēmum hortum. Haec erat prīma occāsiō ubi dominus Utterson erat receptus in hāc parte mānsiōnis. Inde cūriōsus et timidus poterat observāre et circumspicere tōtum aedificium cārēns fenestrīs, īnsolenter trānsiēns theātrum quondam multīs discipulīs fartum, sed jam vacuātum et silēns; omnēs mēnsae erant tēctae cum apparātibus chēmicīs, et arcae et stipulae erant jacentēs hīc et illīc in tabulātum; lūmen diminūtum cadēbat per quandam nebulōsam cūpellam. Scālae dūcēbant adversō angulō ad quandam jānuam lānā rubrā tēctam. Dominus Utterson erat receptus in officīnam medicī. Quod magnum conclāve habēbat multa vitrea prēla, multa ōrnāmenta, et alia quae inclūdēbant quoddam speculum rotundum et scrīnium; haec officīna īnspiciēbat cohortem per suās trēs fenestrās pulverulentās ferrō obserātās. In focō officīnae, ignis ārdēbat; pēgma camīnī tenēbat quandam lucernam incēnsam quoniam nebula coepit crēbrē prōcumbere in domibus. Doctor Jekyll sedēbat suā officīnā

53

prope callidum focum, et vidēbātur esse languidus. Ille nōn surrēxit ut convenīret suum hospitem, sed sōlum suam frīgidam manum extendit et mūtātā vōce salūtāvit.

"Nunc," inquit dominus Utterson quum Poole exīvit, "nūntium audīstī?" Medicus horruit. "Clāmābant in forō," inquit. "Poteram trīclīniō audīre."

"Ūnum verbum," inquit jūris cōnsultus. "Carew fuit meus cliēns. Tū jam es meus cliēns. Volō scīre quid agendum sit mihi. Num es tam īnsānus ut eum hominem cēlēs?"

"Utterson, nōmine Deī," clāmāvit medicus, "jūrō ut numquam iterum īnspiciam eum. Prōmittō tibi ut fīnīverim meam amīcitiam cum eō in hōc orbe terrārum. Fīnītum est. Is nōn vult meum auxilium; nōn cognōscis eum eōdem modō quam ego. Is tūtus est, ita tūtus. Mementō meōrum verbōrum; ejus facta nōn erunt iterum audīta."

Jūris cōnsultus maestus auscultābat; ille nōn amābat hunc effervēscentem modum ejus amīcī. "Tū certus es dē hōc homine," inquit; "cōnsīderandō tuam vītam, spērō tē rēctum esse. Sī quoddam jūdicium lēgāle est āctum, tuum nōmen fortasse appārēbit."

"Dē hōc homine, sum certus," respondit Jekyll; "ratiōnēs habeō quās nōn possum dīvulgāre. Sed tuam admonitiōnem dē ūnā rē requīrō. Re—recēpī quandam epistulam; nesciō an dēbeam illam ostendere vigilibus. Volō relinquere eam in tuīs manibus, Utterson; sānē tū potes bene jūdicāre; sum certus; multum cōnfīdō in tē."

"Suspicor timeās nē haec epistula succūrat ad dētegendum eum?" rogāvit jūris cōnsultus.

"Minime," inquit alter. "Nōn possum dīcere mē cūrāre hoc ultimum fātum dominī Hyde. Mea amīcitia cum eō est fīnīta. Sōlum cōnsīderābam quōmodo hoc sinistrum āctum posset meam fāmam maculāre."

Parum Utterson rūmināvit; ille mīrābātur illum *egoismum* suī amīcī. "Bene," inquit ille tandem relevātus, "dā illam epistulam mihi."

Haec epistula erat scrīpta quādam īnsolitā et ērēctā manū; erat signāta ab Edwardō Hyde: significāvit suam salūtem nōn esse cūrandam benefactōrī suō, doctōrī Jekyll, quem ipse prāvē remūnerātus est omnēs eōs annōs post multās grātiās accipiendās; ille habēbat quoddam modum ēvādendī jūdicium, et ille poterat cōnfīdere sōlum in illō modō. Jūris cōnsultus poterat satis ad hanc epistulam cōnsentīre; id illūminābat quandam familiāritātem inter eōs plūs quam ipse expectāvit; exinde sē ipsum culpāvit dē suīs priōribus suspīciōnibus.

"Involūcrum epistulae habēs?" inquit ille.

"Involūcrum erat ustum ā mē antequam contenta cōnsīderāvī," respondit Jekyll; "nūllum signum cīvitātis habēbat. Epistula ā nūntiō erat oblāta."

"Vīne mē hanc retinēre et eam in somniīs cōnsīderāre?" rogāvit Utterson.

"Dēsīderō tē tōtam rem mihi jūdicāre," respondit ille. "Nōn jam cōnfīdō in mē ipsō."

"Bene, cōnsīderābō," retulit jūris cōnsultus. "Ūnum alterum verbum: erat Hyde quī illās rēgulās dēcessiōnis in tuō testāmentō dictāverat, nōnne?"

Ille medicus vidēbātur esse immersus quōdam flūctū nauseae; ille annuit firmē claudēns suum os.

"Rēctē cōgitābam," inquit Utterson. "Volēbat tē interficere. Quam ēvāsistī!"

"Expertus sum quod est majōris mōmentī," retulit medicus. "Didicī novum praeceptum—Ō Deus, Utterson, quoddam magnum praeceptum!" Concēlābat parum suum vultum in suīs manibus.

Ipse jūris cōnsultus ingrediēns dēstitit et dīxit nōn nūlla verba Poole. "Cāsū," inquit ille, "sī quaedam epistula erat oblāta ā manibus hominis, quae erat ejus nātūra?" Poole, autem, erat

admodum certus ut nūlla epistula esset recepta, epistulīs exceptīs cursūs pūblicī; "sōlum erant nūntia," addidit ille.

Quō nūntiō receptō, ille hospes erat dīmissus suīs timōribus renovātīs. Sānē, quae epistula advēnerat per illud ōstium labōrātōriī; forsan ea erat in illā officīnā scrīpta; sī hoc vērum est, id erat jūdicandum et tractandum cautius. Dum dominus Utterson ingreditur, multī nūntiī puerīlēs ambulābant in sēmitīs et raucīs vōcibus clāmābant: "ēditiōnem speciālem. Ēditiōnem speciālem. Caedēs terrifica cujusdam M.P." Ille audiēbat ōrātiōnem fūnebrem ūnīus bonī amīcī et clientis; nōn poterat retinēre suum timōrem, nē dēbeat alterum bonum nōmen dēdūcī in verticem hujus tempestātis. Quaedam absurda dēcīsiō erat dēcidenda illī. Dum ille esset nātūrāliter indēpendēns, coepit deinde dēsīderāre quicquam auxilium alterīus hominis. Nōn poterat id palam accipere, sed fortasse conquīrere sīcut piscātor quī vēnābātur piscēs.

Postrīdiē, ille sedēbat in ūnō angulō suī focī, et dominus Guest, suus āctuārius, in alterō angulō; quoddam pōculum antīquī vīnī erat in mediō eōrum (bonā distantiā ab ignī) quod habitābat multōs annōs in fundāmentīs domī sine radiīs sōlis. Magna nebula dormiēbat suprā ūnam ālam nūbium; summergēbat cīvitātem ubi lampadēs tamquam carbunculī micābant. Quaedam sonōria prōcessiō cīvium volvebat illās per magnās artēriās cīvitātis sīcut quīdam ventus fortis sub obvolūtiōne et strangulātiōne nūbium. Laetus focus, autem, illūmināvit conclāve. Acida vīnāria erant multōs annōs resolūta in pōculō; fūcus imperiālis erat tempore diminūtus tamquam ūberiōrēs colōrēs in antīquīs fenestrīs tīnctīs; et ille candor callidī vesperī autumnālis erat parātus esse līberātus et dīvulgātus in omnēs nebulās Londīniī. Ille jūris cōnsultus liquefaciēbat, sine suā scientiā. Ille pauciōra sēcrēta cēlābat ā nūllō homine quam dominō Guest, et ipse nōn semper omnia sēcrēta retinēbat quae voluit. Dominus Guest saepe medicum vīsitābat ut suum negōtium ageret. Exinde, cognōvit Poole, et nūllō modō poterat audīre *nihil* dē frequentibus vīsitātiōnibus dominī Hyde in illam domum; forsan ille possit

quoddam argūmentum conclūdere: nōnne bonum sī ille āctuārius īnspiciat illam epistulam quae hoc mystērium in lūmen prōposuit? Nōnne ille in prīmīs est quīdam magnificus discipulus et criticus chīrographōrum quī cōnsīderāret hunc rogātum et nātūrālem et commodum? Hic āctuārius, etiam, fuit quīdam cōnsultor; haudquāquam legeret tantum īnsolitum documentum, et nōn dīceret ūllum respōnsum. Quō respōnsō receptō, dominus Utterson forsan posset suum futūrum cursum fōrmāre.

"Hoc negōtium dominī Danvers trīstificum est," inquit ille.

"Ita vērō, domine. Multās pūblicās sententiās ēlicuit," retulit Guest. "Vir sānē īnsānus erat."

"Volō tuās sententiās dē illā rē audīre," respondit Utterson. "Quoddam documentum hīc habeō, documentum quod erat scrīptum in ejus manū: hoc sōlum est inter nōs, nam ego haud sciō quid agendum sit; hoc negōtium foedum est, in bonīs lūminibus. Sed ita, potes id vidēre; est jam ante tuōs oculōs: illud autographum hujus interfectōris."

Oculīs suīs illūminātis, Guest sēdit statim et assiduē studuit. "Nōn, domine," inquit; "haec manus nōn īnsāna est, sed īnsolita."

"Omnibus testimōniīs, ille scrīptor est īnsolitus," jūris cōnsultus addidit.

Cōnfestim quīdam minister intrāvit quī epistulam tenēbat.

"Haec epistula ā doctōre Jekyll, domine?" inquīsīvit āctuārius. "Manum ejus sciō. An est haec prīvāta, domine Utterson?"

"Nōn, simpliciter est quaedam invītātiō ad cēnam. Quārē? Vīne īnspicere?"

"Ūnum mōmentum. Grātiās tibi agō, domine." Āctuārius deinde ōrdināvit illās duās pāginās, alteram ad alteram, et sēdulē substantiam eārum comparāvit. "Grātiās, domine," tandem inquit dum duās pāginās reddit; "hoc autographum valdē movet studium."

Colloquiō dēsinitō, dominus Utterson contrā sē ipsum certābat. "Cūr comparāstī eās, Guest," subitō inquīsīvit ille.

"Ēn, domine, quaedam similitūdō exstat; hae manūs sunt eaedem in multīs modīs; sōlum angulus scrībendī differt inter eās." Retulit āctuārius.

"Mīrum," inquit Utterson.

"Ita est, ut dīcis, mīrum," retulit Guest.

"Nihil dīcerem scīlicet dē hāc epistulā," inquit dominus.

"Minimē, domine," inquit āctuārius. "Intellegō."

Quam prīmum colloquium erat fīnītum, et dominus Utterson erat sōlus, ipse offirmāvit illam epistulam in suam arcam ubi ea poterat esse semper reposita. "Quid!" cōgitāvit ille. "Hēnrīcus Jekyll, quīdam fabricātor interfectōrī!" Sanguis frīgidē in ejus vēnīs fluēbat.

Caput VI

Mīra Incīdentia Doctōris Lanyon

Tempus currēbat; magnum praemium mīlle ponderum erat prōpositum quoniam illa caedēs dominī Danvers erat cōnstitūta sīcut quaedam injūria pūblica; dominus Hyde ēvānuit ē scientiā vigilium sīcut ille numquam exstiterat. Major pars ejus historia erat dēfossa, et tōta historia erat scīlicet nefāria: fābulae tam asperae et violentēs erant dīvulgātae dē ejus crūdēlitāte. Illae fābulae indicābant nōn nūlla dē ejus vītā foedā, comitibus īnsolitīs, et invidiā quae, ut vidēbātur, circumībat enim ejus tōtum officium; nē murmur quidem dē ejus praesentī locō erat audītum. Quum exīvit suam domum Sohōnis mātūtīnīs hōrīs caedis, ille erat simpliciter dēlētus. Tempus gradātim pergēbat, et dominus Utterson coepit recuperāre sē ipsum ā suō initiālī timōre et coepit esse tranquillior in animō. Caedēs dominī Danvers vidēbātur esse tam bene expēnsa quia dominus Hyde jam ēvānuit. Quā nefāriā auctōritāte remōtā, dominus Jekyll poterat novam vītam incipere. Nunc ille ēmergēbat ā suō latibulō renovāns suās amīcitiās cum amīcīs; ille fuit rūrsus quīdam hospes familiāris et susceptor eōrum; quamquam hominēs semper putābant eum esse benevolentem, jam putābant eum esse religiōsum. Ille erat negōtiōsus, et erat saepe extrā suam domum, agēns bona facta; vultus ejus vidēbātur esse

solūtus et illūminātus, quasi esset cōnscius suōrum bonōrum officiōrum. Itaque ille medicus erat tranquillus plūs quam duōs mēnsēs.

Octāvō diē Jānuāriī, Utterson cēnāverat apud parvum gregem hominum in domō medicī; aderat Lanyon; hospes poterat palam ūnum et alterum hominem vidēre sīcut in illīs diēbus prīscīs ubi illī trēs amīcī erant jūnctissimī. Duodecimō et quārtōdecimō diēbus, ōstium erat clausum ad jūris cōnsultum. "Medicus ille est alligātus ad domum, et nēminem convēnit," inquit Poole. Et enim quīntōdecīmō diē, Utterson iterum cōnātus est, et iterum negātus erat. Nunc solitus suōs amīcōs paene cotīdiē convenīre per duōs mēnsēs, invēnit sōlitūdinem opprimere suōs spīritūs. Quīntā nocte, ille invītāvit Guest ut cēnāret sēcum; sextā nocte, ille domicilium doctōris Lanyon vīsitāvit.

Illīc saltem, ejus aditus nōn erat negātus; quum ille introīvit, ipse erat attonitus mūtātiōnibus quae incīdērunt in faciem medicī. Medicus jam habēbat suum fātum scrīptum in suum frontem. Roseus homō jam coepit esse pallidus, et ejus corium esse lāpsum; ille vidēbātur esse calvior et senior. Haec signa in prīmīs nōn veniēbant ad mentem jūris cōnsultūs, sed quaedam scintilla in oculīs hominis et quaedam quālitās dēclārāns terrōrem turbantem ejus mentem. Nōn erat crēdibile ille timēret mortem; Utterson, autem, incipiēbat illam rem suspicārī. "Ita," cōgitāvit ipse; "is est medicus; sine dubiō suum statum scit, et enim cognōscit ejus diēs esse numerātōs; illam scientiam, haud potest hic medicus tolerāre." Quum dominus Utterson ejus speciem morbōsam agnōverat, Lanyon quādam firmitāte dēclārāvit sē esse hominem damnātum.

"Quandam cōnsternātiōnem indūrāvī," inquit ille, "et ego numquam possum recuperāre. Sōlum dubitandum est quot septimānās habeam. Bene, vīta lepida erat; mihi placēbat; vērē domine, quondam eam amābam. Interdum cōgitō, sī scīmus omnia, sumus laetiōrēs obīre."

"Jekyll aegrōtat, quoque," observāvit Utterson. "Eum convēnistī?"

Vultus Lanyon erat mūtātus; ille suam tremulam manum extendit. "Nihil aliud volō dē illō medicō Jekyll audīre," inquit ille quādam sonōrā et īnstabilī vōce. "Termināvī meam amīcitiam cum illō homine, et ōrō ut resistās ūllam mentiōnem dē eō homine quem jam ut mortuum cōnsīderō."

"Attat," inquit dominus Utterson; et post ūnam pausam longam, "nōnne possum tē juvāre?" inquīsīvit ille. "Nōs sumus trēs senēs amīcī, Lanyon; nōn possumus novōs amīcōs in hōc gradū vītae convenīre."

"Nihil āctum esse potest," retulit Lanyon; "rogā eum."

"Ille nōn vidēbit mē," jūris cōnsultus inquit.

"Nōn sum attonitus," fuit respōnsum.

"Quōdam diē post meum obitum, forsitan possīs, Utterson, hanc tōtam vēram, falsam nātūram cāsūs discere. Nōn possum id dīcere. Sī potes, autem, sedēre mēcum et intereā loquī dē aliīs rēbus, nōmine Deī mane et age; nisi potes illud argūmentum damnātum effugere, nōmine Deī, cxī. Quod nōn possum patī."

Itaque, quum ille suam domum advēnit, Utterson sēdit et epistulam ad Jekyll scrīpsit quā lāmentāvit suam exclūsiōnem ab ejus domiciliō, et rogāvit causam cūr quaedam īnfēlīx dījūnctiō esset cum doctōre Lanyon; proximō diē longum respōnsum recēpit, multīs partibus prāvissimē scrīptum, interdum mystērium et tenebrōsum suo stilō. Proelium cum Lanyon fuit incūrābile. "Nōn condemnō nostrum antīquum amīcum," Jekyll scrīpsit, "sed assentior eī quod nōn possumus umquam convenīre. In meō animō volō quandam vītam ab omnibus hominibus remōtam agere; nē sīs attonitus neu nostram amīcitiam dubitēs, sī meum ōstium sit quoque tibi clausum. Patiendum est tibi quod volō meam propriam tenebrōsamque viam sequī. Egomet trādidī meum animum in quoddam supplicium et perīculum quod nōn possum nōmināre. Sī sum prīnceps peccātōrum, sum etiam prīnceps patientium. In prīmīs nōn poteram concipere cūr hic mundus habeat quendam locum idōneum et dolōribus et improbīs terrōribus. Potes sōlum ūnam rem agere, Utterson, ad hoc fātum levandum: respicere meum

silentium." Utterson erat attonitus; quae negātīva īnfluentia dominī Hyde erat remōta; medicus ipse sē retulit ad suum prius mūnus et amīcitiās; praeteritā septimānā, ille prōspectus rīdēbat cum omnibus signīs aetātis laetae et honōrātae; ūnō mōmentō, omnia erant ruta: ejus amīcitia, pāx mentis, nec nōn essentia vītae. Mūtātiō tālis generis indicāvit īnsānitātem, sed cōnsīderāns habitum et verba Lanyon, ille firmē putāvit profundiōrem esse ratiōnem.

Post ūnam septimānam, doctor Lanyon sōlum manēbat in suō lectulō, et nōn duās septimānās praeterīvit quum ille mortuus est. Illā nocte fūneris, ubi ipse affectus erat trīstiā, Utterson offirmāvit jānuam suī tablīnī, et sēdit prope suam lucernam quae habēbat quandam maestam cēram; dominus remōvit et praeposuit quoddam involūcrum dēsignātum sibi et signātum sigillō suī cārī amīcī. "PRĪVĀTUM: sōlum prō manibus dominī Utterson et in cāsū ejus obitūs, *perdendum est* et quidem *nōn legendum*," ita erat vehementer subscrīptum; quam ob rem dominus Utterson vehementer nōluit contenta exāmināre. "Ūnum amīcum hodiē dēfodī, et fortasse necesse est mihi alterum dēfodere post legendam hanc epistulam," putāvit ille. Tunc ille condemnāvit suum timōrem tamquam quoddam signum īnfidēlitātis, et ille rūpit sigillum. Intus involūcrō, altera thēca erat sērāta et signāta: "nōn aperiendum est ante mortem aut abitum doctōris Hēnrīcī Jekyll." Utterson nōn poterat cōnfīdere in suīs oculīs; illud verbum iterum erat: *abitus*. Utterson vīdit illud verbum in testāmentō quod rediderat anteā auctōrī, et jam invēnit id iterum alligātum doctōrī Jekyll. Dominus Hyde, sine dubiō, addidit illud verbum suā manū cum quādam mētā et obviā et horribilī. Sed scrīptum ā manū doctōris Lanyon? Quid significat? Magna cūriōsitās deinde involvēbat commisārium hominem; quaedam cūriōsitās quae dūcēbat eum ut neglegeret suam prohibitiōnem et salīret in illud profundum mystērium. Pāruit illīs fidēlibus et decōrīs obligātiōnibus dēbitīs suō amīcō mortuō; proinde, illud involūcrum coepit dormīre in illō profundissimō angulō ejus prīvātae vītae.

Ūna rēs cūriōsitātem occīdere est, altera rēs cūriōsitātem vincere; hoc est sōlum dubitandum sī Utterson dēsīderābat enim suam amīcitiam cum illō amīcō vīventī. Benignē eum aestimābat; sed sua cōgitāmenta erant turbāta et timida. Utterson scīlicet cōnābātur eum vīsitāre, sed numquam erat admissus, et fortasse ille erat relevātus. Fortasse ille dēlectābat suum colloquium ante domum cum Poole et illum amplexum āeris et omnēs sonōs cīvitātis magis quam quemquam accessum in eam domum voluntāriae captīvitātis ubi sedēret et dīceret apud illum virum et sōlitārium et īnscrūtābilem. Poole quidem nōn habēbat bona nūntia quae commūnicāre poterat. Appāruit medicus ille in suā officīnā super labōrātōrium positā magis et magis conclūderet sē ipsum ubi interdum etiam somniāret. Ille coepit esse dēpressus et silēns; librōs nōn legēbat; vidēbātur esse quasi ille habēret aliquid in suā mente. Utterson coepit esse tam solitus audīre haec nūntia cōnsistentia ut gradātim dēsisteret suas frequentēs vīsitātiōnēs.

CAPUT VII

INCĪDENTIA FENESTRAE

A ccidit diē Sōlis, quum dominus Utterson et dominus Enfield normāliter ambulābant, via dūceret eōs per sēmitam; quum advēnerant frontem ōstiī, ambō cōnstitērunt et īnspexērunt.
"Bene, fābula saltem finīta est. Non vidēbimus Hyde," inquit Enfield.

"Ita spērō," inquit Utterson. "Nonne nārrāvī fabulam ubi vīdī eum et sēnsī similem āversiōnem?"

"Nōn potes prīmam rem agere et nōn secundam," retulit Enfield. "Quam asinum mē esse putās! Sciō hanc esse viam ad doctōrem Jekyll. Quod intellēxī, est partim tua culpa; jamdūdum, autem, scīveram."

"Ēn meum cōnsilium ēnōdāstī," inquit Utterson. "Cōnsiliō ēnōdātō, possumus jam cohortem intrāre et īnspicere per fenestrās. Sum ānxius dē miserō doctōre Jekyll, ut vērē dīcam; crēdō praesentem amīcum esse bonum eī."

Cohors erat frīgida et paulum madida; habēbat quoddam praemātūrum crepusculum, sed caelum superum autem erat candidum occāsū sōlis. Illa media fenestra trium erat partim aperta; Utterson vīdit hominem sedentem et aspīrantem prope illam fenestram, mersum īnfīnītā trīstitiā, quendam captīvum discōnsōlātum; vīdit doctōrem Jekyll.

"Quid! Jekyll!" clāmāvit ille. "Crēdēbam tē esse meliōrem."

"Sum dēmissus valdē, Utterson," trīste respondit medicus, "dēmissus valdē. Nōn longum erit, Deō grātiās."

"Manēs multum in tuā domō," inquit jūris cōnsultus. "Tuum systēma circulātōrium forās agitandum est tibi sīcut mihi et dominō Enfield. (Doctor Jekyll, hic est meus cōnsōbrīnus, dominus Enfield.) Agedum; fer tuum petasum et breviter circumambulā apud nōs."

"Tū bonus valdē es," suspīrāvit alter. "Placēret mihi multum; at nōn, nōn, est impossibile; nōn audeō id agere, Utterson. At sum laetus possim tē convenīre; enim vērō, placidum mihi est. Rogārem vōs ut ascenderētis, tē et dominum Enfield, sed hic locus nōn est idōneus vōbīs."

"Quam ob rem," inquit placidē jūris cōnsultus, "maneāmus, agāmus quoddam colloquium tēcum ubi adsumus, quod est optimum nōbīs."

"Praepositūrus sum illud cōnsilium vōbīs," medicus rīsū retulit. Quae verba autem vix erant murmurāta quum rīsus esset remōtus ex ejus faciē, et alia expressiō succēderet tam terribilis et angusta ut sanguis duōrum dominōrum esset cōnstrictus. Vīdērunt sōlum ūnum aspectum hujus faciēī; nam fenestra erat statim dēmissa; singulus cōnspectus autem fuit satis eīs; vertērunt et ēgressī sunt ē cohorte sine verbīs. Etiam in silentiō sēmitam trānsgressī sunt; quum advēnerant vīcīnum trānsitum, ubi diēs Solīs ferēbat aliquōs mōtūs vītae, dominus Utterson tandem vertit et intūtus est suum comitem. Ambō fuērunt pallidī; subsequēns horror in oculīs eōrum fuit.

"Deus, dā veniam nōbīs; dā veniam nōbīs," inquit dominus Utterson.

Dominus Enfield sōlemnis annuit, et iterum silentiō ambulāvit.

CAPUT VIII

ULTIMA NOX

Quōdam vesperī, cēnā cōnsūmptā, dominus Utterson sedēbat prope suum focum quum ille recēpit ministrum Poole visitantem.

"Benedīc mē, Poole. Quārē mē vīsitās?" clāmāvit ille; "quid tē turbat? Medicus aegrotat?" addidit ille quī īnspiciēbat eum.

"Domine Utterson," inquit ille, "est aliquid malum."

"Sedētō, quaesō; hīc est pōculum vīnī tibi," inquit jūris cōnsultus. "Festīnātō lentē, dīcitō apertē quidquid tibi placeat."

"Tū scīs eōs mōrēs medicī, domine," respondit Poole, "quomodo claudat sē ipsum. Ita, sē ipsum in suā officīnā clausit; hoc nōn placet mihi, domine—spērō mē mortuum esse sī placeat. Domine Utterson, mī domne, egomet timeō."

"Jam, mī bone vir," inquit jūris cōnsultus, "accūrātē explicā. Quid timēs?"

"Circā ūnam septimānam id timuī," retulit Poole, tenāciter neglegēns ejus quaestiōnem, "nōn possum id jam patī."

Quī aspectus hominis palam revēlāvit ejus verba; ejus affectus erat pejus mūtātus; praeter illud mōmentum quō in prīmīs ille nūntiāverat suum terrōrem, nōn semel vultum jūris cōnsultī īnspexit. Nunc ponens pōculum integrum suprā suum genū, sedēbat et dīrigēbat suōs oculōs in tabulātum. "Nōn possum id jam patī," repetīvit ille.

"Agedum," inquit jūris cōnsultus, "crēdō habeās bonam ratiōnem, Poole; sciō aliquid esse secus. Cōnāre nārrāre eam rem mihi."

"Putō crīmen, crīmen nefandum esse factum," inquit asperā vōce Poole.

"Crīmen nefandum!" clāmāvit jūris cōnsultus, satius territus et īrāscēns. "Quod crīmen nefandum? Quid dīcis?"

"Nōn audeō dīcere, domine," fuit respōnsum; "potesne mē comitārī et tuīs oculīs vidēre?"

Sōlum respōnsum dominī Utterson fuit surgere et dēprōmere ejus petasum et amictum; mīrō in modō observāvit faciem ministrī habentem quandam magnam levitātem, et nōn minus observāvit ministrum nōn gustāvisse ejus vīnum quum dēpōneret suum pōculum. Dominus Utterson secūtus est eum ministrum.

Tempestīva nox fuit fera et frīgida mēnsis Mārtiī; pallida lūna recumbēbat super tergum noctis, quasi ventus prōclīnāvisset eam; etiam vegetātiō levissima et tenuissima volābat per āera. Itaque in ventō difficile erat loquī, et sanguis erat suīs faciēbus sparsus. Quī ventus verrit solitōs vectōrēs ā viīs, ut vidēbātur; nam dominus Utterson putāvit sē numquam illam partem Londīniī tam dēsertam vīdisse. Sī habēret optiōnem quamlibet, ea via esset plēna hominibus; numquam in suā vītā habēbat tantam acūtam voluntātem; quippe quī voluit suās comparēs creātūrās et vidēre et tangere; quaedam avida anticipātiō calamitātis dominābātur ejus mentem, quam frūstrā certābat. Venti et pulveres incumbebant forum quum advēnērunt, et gracilēs arborēs lacerābant sē ipsās saeptīs in hortō. Poole, quī paucīs passibus ante alterum dominum ambulābat, dēdūxit eum in medium pavīmentū, et sine cūrā mordācis tempestātis, remōvit suum petasum detersitque suum frontem rubrā cum mappā; nōn sūdōrem, autem, exercitiī dētersit, sed hūmōrem cujusdam

angōris stringentis. Nam ejus faciēs pallida fuit et ejus vōx loquendō aspera et mutila.

"Domine, adsumus. Deus, dā pācem sīve bonam fortūnam nōbīs," inquit.

"Āmēn, Poole," inquit jūris cōnsultus.

Quī minister deinde cautē pulsāvit; vinculō ligātō, ōstium erat apertum, intusque vōx rogāvit, "est tū, Poole?" "Ita, omnia bona sunt," inquit Poole. "Aperī ōstium."

Aula candidē incēnsa erat quum ille introīrent; ignis erat altē aedificātus, et circā focum omnēs ancillae et servī stābant angustē tamquam pecus ovium. Ancilla vidēbātur esse hysteriā capta dominō Utterson; ea coepit lacrimāre, et coquus palam clāmāvit, "benedīc Deum! Dominus Utterson adest." Accucurrit quasi ille amplectītūrus esset eam suīs brāchiīs.

"Quid, quid? Vōs omnēs adestis?" inquit jūris cōnsultus īrāscēns. "īnsolitum valdē est, et improbum; tuus dominus nōn esset laetus."

"Omnēs timent," inquit Poole.

Quoddam pūrum silentium sequitur. Nēmō eōrum querēbātur. Sōla ancilla suam vōcem surgēbat et lacrimābat.

"Tuam linguam tenē!" Poole ei dīxit quādam ferōcitāte vōcis quae testāta est ejus nervōs tinnītōs; quum illa puella incrēvisset suum tonum lāmentātiōnis, illī movēbant et vertēbant suās faciēs ad jānuam expectantes audire horrenda. "Itaque nunc," perrēxit minister appellāns quendam puerum cultrōrum, "candēlam mihi fer, et possumus hanc rem statim fīnīre." Ille petīvit ut dominus Utterson eum sequerētur, et ingressus est hortum postīcum.

"Nunc, domine," inquit ille, "venī silenter ut audiās eum sine ejus scientiā. Notā bene, mī domine, sī forte ille velit tuum accessum, nē prōgrediāris."

Haec invīsa conclūsiō tam agitāvit nervōs dominī Utterson ut paene lāberētur ā suō aequilībriō, sed collēgit suam virtūtem et

secūtus est illum ministrum in aedificium labōrātōriī et per theātrum chīrurgicum continens arcās et pōcula usque ad līmen scālārum. Hīc Poole significāvit ut Utterson dēbēret angulō stāre et audīre dum ipse suam candēlam dēpōnēns et firmam mentem parāns ascendit scālās et incertus pulsat jānuam officīnae lānā latericiā tēctam.

"Mī domine, Dominus Utterson rogat ut tē conveniat," vocāvit. Significāvit deinde ut jūris cōnsultus dēbēret attentē auscultāre.

Vōx intus respondit: "Explicā quod nōn possum aliquem vidēre," inquit id lāmentāns.

"Grātiās tibi agō, domine," inquit Poole triumphāns; sustinēns suam candēlam dūxit dominum Utterson rūrsus trāns hortum et in culīnam magnam quā ignis erat extīnctus et scarabaeī saliēbant suprā tabulātum.

"Domine," inquit ille intuēns oculōs Utterson, "num erat vōx meī dominī?"

"Meā opīniōne, vōx admodum mūtāta est," respondit jūris cōnsultus quī pallidus eum intuēbātur.

"Mūtāta est? Ita, concurrō," inquit minister. "Num vīgintī annōs domūs attendī, et sum dēceptus ejus vōce? Minimē, domine; dominus meus fūrtim erat interfectus; octo diēs abhinc erat interfectus quum audīverāmus eum nōmen Deī vocantem; itaque *quis* in ejus locō adsit? *Cūr* maneat? Quod clāmat ad caelum, domine Utterson!"

"Haec īnsolita fābula est, Poole. Quaedam īnsāna fābula, mī amīce," inquit dominus Utterson, suum digitum mordēns. "Sūmāmus quod sūmis, dominum Jekyll esse interfectum. Quid potest indūcere interfectōrem ut maneat? Non conciliat se ipsum ad rationem aut adhaeret ad sensum."

"Vah, nōn est facile tē satiāre, domine Utterson, sed tē satiābō." inquit Poole. "Oportet tibi scīre quidquid in illā officīnā habitat, nocte et diē praeteritā septimānā lacrimābat

dēsīderāns quandam medicīnam quam nōn poterat recordārī. Utique dominus suēscēbat scrībere et jactāre quaedam mandāta ad scālās. Nihil expertī sumus hāc septimānā praeter pāginās cadentes, ejus clausam jānuam, et dapēs relictās quās fūrtim sine vīsū cujusquam abtulerat. Vae mihi, domine, scrībēbat mandāta et lāmentātiōnēs cotīdiē, bis sīve trīs eōdem diē, et mittēbat mē ad omnēs vēnditōrēs rērum chēmicārum in hōc oppidō. Quandōcumque rētuleram quandam rem ad domum, altera pāgina mandāvit impuram chemicam esse redendam et alteram emendam dē aliā pergulā. Hoc medicāmentum, domine, est multum dēsīderātum; quidquid ūsūs est."

"Habēsne quamquam pāginam?" dominus Utterson rogāvit.

Poole suam manum in sinum posuit et sēnsit; ūnam pāginam rūgōsam extendit quam jūris cōnsultus, suprā candēlam dēmittēns, attentē exāmināvit. Ejus scrīpta sīc fuērunt: "doctor Jekyll blandītur dominōs Maw. Spondet ultimum exemplum esse impūrum et rēapse inūtile ad suam mētam obtinendam. Annō 18—, doctor J largam quantitātem ā dominīs M. emit. Nūnciam ōrat ut investīgent sēdulē et dīligenter sua exempla; sī quicquam ejusdem quālitātis remaneat, prōtinus mittātur ad eum. Pretium nōn cōnsīderandum est. Magnitūdō hujus reī haud dubitanda est; est maximī mōmentī doctōrī Jekyll." Epistula adhūc fuit satis compos, sed subitō stilus explōsit, et sententia scrīptōris erat exsolūta. "Edepol, fer aliquid eōrum antīquōrum medicāmentōrum," ille addiderat.

"Quae est īnsolita epistula," inquit dominus Utterson. "Quōmodo illam epistulam apertam jam habēs?" ācriter addidit.

"Vir Maw fuit īrātus, domine; iactāvit eam sīcut lutum, in mē," retulit Poole.

"Scīsne an haec sit vērō manus medicī?" jūris cōnsultus resūmpsit.

"Putāvī eam esse similem," inquit paulum maestē minister; et aliā vōce, "quārē cūrāmus illam manum scrīptōris? Eum meīs oculīs vīdī!"

"Vīdistī?" repetīvit dominus Utterson. "Ita?"

"Rem acū tetigistī!" inquit Poole. "Hōc modō fīēbat. Subitō ex hortō ingressus sum in theātrum. Doctor ēlāpsus erat ut invenīret suum medicāmentum aut aliquid simile; nam jānua officīnae erat aperta, et ille adversō angulō officīnae inter suās arcās fodiēbat. Quum officīnam introīrem, suam faciem ēlevāvit, lāmentātiōnem ēmīsit, et sūrsum festīnāvit in suum conclāve. Quō mōmentō eum vīdī; meī capillī erant ērēctī tamquam quālēs. Sī ille meus dominus fuisset, quārē, domine, habuerat lārvam suprā suam faciem? Sī ille meus dominus fuisset, quārē exclāmāverat tamquam rattus et ā mē fūgerat? Cui satis servīvī. Et deinde..." Quī vir dēsiit et suam manum vultū posuit.

"Haec omnia sunt īnsolitī cāsūs," inquit dominus Utterson, "sed putō mē lūcem vidēre posse. Tuus dominus, Poole, est ēvidenter affectus quādam aegritūdine quae possit suum auctōrem et cruciāre et dēfōrmāre; proinde, fit lārva et vītātiō amīcōrum, mūtātiō vōcis, et ejus dēsīderium inveniendī hoc medicāmentum quō ejus animus miser parvam spem et sānitātis et salūtis retinet—Deus, permittās eum nōn esse dēceptum! Quod est mea explānātiō; est satis trīste, Poole; vae, est horribile cōnsīderāre; attamen est clārum et nātūrāle, bene quadrātum, et potest nōs ab omnibus terrōribus exorbitantibus līberāre."

"Domine," inquit minister cujus faciēs erat sparsa pallidīs maculīs, "*illud*, ut vērē dīcam, nōn fuit meus dominus." Circumspexit et incēpit murmurāre. "Meus dominus est altus et fōrmōsus vir, illud fuit plūs minusve quīdam nānus." Utterson cōnātus est dissentīre. "Ō domine," Poole lacrimāvit, "num putās mē nōn meum dominum recognōscere post vīgintī annōs? Num putās mē nōn scīre quam partem jānuae caput ejus attingat? Cotīdiē vīdī eum virum. Minimē, domine, *illud* gerēns

lārvam numquam fuit doctor Jekyll—Deus scit quid fuerit, sed nūllō modō fuit doctor Jekyll; tōtō cum corde crēdō caedem esse perāctam."

"Poole," respondit jūris cōnsultus, "sī tantam rem putās, opus est mihi illam rem discernere. Quamvīs dēsīderō affectūs tuī dominī respicere, nōn intellegō hanc epistulam quae praepōnat tuum dominum esse vīvum; exinde, dēbeō eam jānuam jam frangere."

"Ēn, domine Utterson, bene dīcis!" clāmāvit minister.

"Nūnciam secundam quaestiōnem," resūmpsit Utterson: "Quis agit?"

"Quīn, tū et ego, domine," fuit respōnsum sine difficultāte.

"Bene sē habet," respondit jūris cōnsultus; "ita cūrābō tē nōn esse vīctum."

"In theātrō secūris est," perrēxit Poole; "potes etiam rutābulum culīnārium tibi assūmere."

In suā manū, jūris cōnsultus cēpit et lībrāvit illud asperum sed ponderōsum īnstrūmentum. "Poole, tu et ego missūrī sumus nōs ipsōs scilicet in quandam positiōnem perīculī," inquit ille suā faciē ēlevātā.

"Potes, mī domine, ita dīcere," retulit minister.

"Nōs sumus honestī, bonum est," inquit alter. "Habēmus majōrēs sententiās quam cōnfessī sumus; oportet nōbīs omnia palam cōnfitērī. Hanc figūram quam vīdistī, lārvam gerentem, ēn recognōstī?"

"Bene, domine, erat celeriter āctum; creātūra flectēbat sē ipsum, haud poteram cōnfīdere in meīs sēnsibus," fuit respōnsum. "Quodsī rogās utrum spectāverim dominum Hyde—quīn reor! Fuit scīlicet eadem magnitūdō; habēbat eandem celerem levitātem. Quis poterat per eam jānuam labōrātōriī introīre? Num oblītus es, domine, habuisset suam clāvem quum illa caedēs esset ācta? Attamen haec nōn tōta fābula est.

91

Domine, nesciō an convēnerīs hunc dominum Hyde. Eum convēnistī?"

"Ita," inquit jūris cōnsultus, "semel locūtī sumus."

"Itaque, similī modō nōbīs, scis quandam rem dē illō virō esse īnsolitam—quae potest mentēs hominum cōnfundere an torquēre—nesciō quōmodo possim, domine, haec cōgitāmenta rēctē explicāre: sentīs eam rem, frīgidam et tenuem, in tuīs ossibus."

"Cōnfitēbor tibi mē sēnsisse aliquid simile," inquit dominus Utterson.

"Bonum est, domine," retulit Poole. "Quum *illud*, tamquam quaedam sīmia, salīret inter chēmica et festīnāret in hanc officīnam, sentiēbam aliquid, quasi glaciēs rēpēbat suprā meum tergum. Ō domine Utterson, intellegō hoc nōn esse ēvidentiam; satis doctus sum; attamen hominēs suās ūnicās sententiās habent, et jūrō Biblīs Sacrīs *illud* fuisse dominum Hyde!"

"Vae mihi," inquit jūris cōnsultus. "Timōrēs meī quoque inclīnant ad eundum pūnctum; timeō nē malum sit āctum. Quoddam malum eā amīcitiā scīlicet erat agendum. Vae, crēdō tibi dīcentī miserum Harrium esse interfectum; equidem crēdō ejus interfectōrem (Deus scit ejus ratiōnem) latēre in officīnā suae victimae. Nōmen nōbīs est ultiō. Bradshaw vocā."

Utique calcātor vocātus vēnit, pallidus et nervōsus.

"Tuum animum sustinē, Bradshaw," inquit jūris cōnsultus. "Sciō quidem vōs esse suspēnsōs; at nostrum cōnsilium est tōtam rem fīnīre. Noster Poole et ego adāctūrī sumus in officīnam. Sī omnia bona sunt, meī umerī sunt satis lātī ut feram culpam. Nē habeāmus quoddam malum ēventum an quemquam malefactōrem cōnantem ē postīcō ēvādere, tū et hic puer dēbētis circumīre ad angulum cum bonīs rāmīs et tenēre tuam statiōnem prope illam jānuam labōrātōriī. Dabimus vōbīs decem minūta ut possītis tuās statiōnēs invenīre."

Quum Bradshaw profectus est, jūris cōnsultus īnspexit suum hōrologium. "Nūnciam, Poole, ad nostram statiōnem eāmus," inquit ille quī rutābulum suum sub suō bracchiō ferēbat, et perdūxit ministrum ipsum in hortum. Cālīgō quaedam super lūnam surrēxit, et erat admodum tenebrōsum. Ventus quī penetrāvit et spīrāminibus et afflātibus in illud īmum forāmen, prōjēcit lūcem candēlae hūc et illūc circā vestīgia eōrum, dōnec advēnērunt suffugium theātrī ubi silenter cōnstituērunt ut manērent. Londīnium sōlemniter undique murmurāvit; proprius, tranquillitās erat irrupta ā sonīs gressuum hūc et illūc trāns tabulātum officīnae.

"Itaque *illud* tōtum diem et majōrem partem noctis ambulābit, domine," susurrāvit Poole; "Requiēs parva fit quum accēperit novum exemplum ā chemistā. Crēdō malam cōnscientiam esse tantam hostem requiēī! Domine, ut vērē dīcam, sanguis in omnibus gradibus hujus cāsūs sordidē est fūsus! Ēn auscultā iterum, attentius—pōne tuum cor in tuīs auribus, domine Utterson, et dīc mihi utrum hoc sit gressūs medicī."

Gressūs et leviter et singulāriter cadēbant; quidem differēbant ā gravibus gressibus Hēnrīcī Jekyll. Utterson suspīrāvit. "Nihil aliud accidit?" rogāvit.

Poole annuit. "Quondam audīvī *illud* plōrāns!" inquit ille.

"Plōrāns? Quōmodo?" inquit jūris cōnsultus sentiens horridum frīgōrem. "*Illud* plōrābat sīcut quaelibet fēmina aut anima occāsa," inquit minister.

"Asperē opprimēbat meum cor quum abvenīrem; egomet poteram plōrāre."

Decem minūta lāpsa sunt. Poole secūrim ē saccō strāminum dēfodit; posuit candēlam in proximam mēnsam ut facientēs impetum illūminārentur. Utique ānxiōsī appropinquāvērunt illum locum ubi patiēns pēs sūrsum deorsumque movēbat, sūrsum et deorsum in silentiō noctis.

"Jekyll," magnā vōce clāmāvit Utterson, "poscō ut videam tē."
Paulisper mānsit, sed nōn fuit respōnsum. "Tū es jam monitus.
Nostra suspīciō est aucta, et es videndus. Tēte vidēbō," ille
resūmpsit; "sī nōn jūstō, sordidō modō agam—sī nōn tuā
voluntāte, vī bēstiālī pergam!"

"Utterson," inquit vōx, "in nōmine Deī, miserēre meī!"

"Vae mihi, nōn est vōx Jekyll, sed enim Hyde!" clāmāvit
Utterson. "Jānuam abrumpe, Poole!"

Itaque Poole secūrim super suum umerum sustulit; ūnō ictū
aedificium erat quassum, et jānua lānā latericiā tēcta contrā car-
dinem et claustrum salīvit. Maestus clāmor, brūtus, officīnā
resonāvit. Secūris rūrsus erat sublātus, et rūrsus tabulae
crepuērunt et corpus jānuae exsiluit; quater jānua erat quassa,
sed lignum erat forte et claustrum erat optimē fabricātum; quod
claustrum tandem quīntō ictū erat perquam frāctum et reliquae
jānuae intus cecidērunt in tapētem.

Aggressōrēs timēbant suum mōtum et quiētem sequentem,
paulum dēstitērunt et īnspexērunt in officīnam. Officīna deinde
ante oculōs eōrum ā lampade illūmināta erat; bonus ignis et
fulgēbat et crepābat in focō et cortīna suum carmen cantābat;
ūnum aut duo armāria erant aperta ac pāginae erant commodē
ōrdinātae in scrīnium, et ōrnāmenta theae erant strāta prope
ignem: dīxissēs officīnam esse silentissimam et commodissimam
illā nocte Londīniī, praeter prēla chēmicōrum.

Corpus hūmānum in mediō omnium rērum jacēbat contor-
tum et ciēns. Appropinquāvērunt lentē corpus, et vertērunt id in
ejus tergum. Īnspexērunt faciem Edwardī Hyde. Induebat
vestīmenta magna quae erant idōnea magnitūdinī medicī; chor-
dae faciēī enim movēbant sīcut vīvēbant, sed is reliquit suam
vītam; Utterson īnspiciēns calicem frāctum in ejus manū,
olfaciēns fortem odōrem grānōrum in āere, scīvit sē mortem
voluntāriam intuērī.

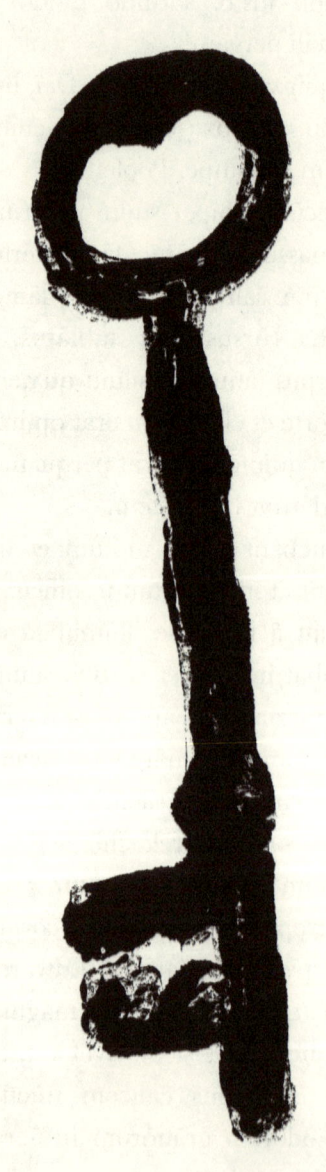

"Nōs sērō advenīmus, et nōn possumus eum servāre aut castīgāre" inquit sevērē ille. "Hyde suum fātum obīvit; tantummodo, nōs dēbēmus corpus tuī dominī invenīre."

Major pars aedificiī erat theātrum; inplēvit paene tōtum prīmum tabulātum. Altera pars aedificiī erat officīna quae fōrmāvit quoddam cēnāculum et īnspexit cohortem. Andrōn jūnxit theātrum ad ōstium quod in sēmitam dūxit; proinde, quae officīna commūnicābat et intrōdūcēbat sēparātim in aedificium alterīs scālīs. Praetereā pauca tenebrōsa armāria et magna cella fuērunt. Omnia loca jam erant attentē exāmināta. ūnus vīsus erat satis omnibus armāriīs; nam omnia erant inānia, et nōn erant longō tempore reserāta (pulvis cadēbat ā jānuīs). Cella fuit plēna multīs lignīs; plērumque propter eās anteriōrēs diēs chīrūrgī quī fuit praedēcessor doctōris Jekyll; jānuam aperientēs, autem, recognōvērunt fūtilitātem investīgandī omnia loca quum integrum arāneum cecidisset quod multōs annōs introitum operuisset. Nūllō locō signum indicāvit Hēnrīcum Jekyll esse mortuum an vīvum.

Poole calcāvit bipedālia andrōnis suīs pedibus. "Quippe quī est hīc humātus," inquit ille quī sonum suōrum pedum auscultābat.

"Aut fortasse fūgit," Utterson inquit quī vertit et īnspexit jānuam sēmitae. Quae jānua erat clausa; clāvem jacentem, autem, in bipedālia invēnērunt quae erat rōbīgine tīncta.

"Nēmō, ut vidētur mihi, recenter ūsus est clāvī," jūris cōnsultus observāvit.

"Dē ūsū loqueris!" repetīvit Poole. "Nōnne vidēs, domine, illam clāvem esse frāctam? Appāret quīdam homō calcāverit illam."

"Vae mihi," perrēxit Utterson, "cōnfractiōnēs quoque sunt aerūginātae." Alter timidē alterum intūtus est. "Hoc ultrā facultātem meam est, Poole," inquit jūris cōnsultus. "Revertāmur ad officīnam."

Scālās silenter ascendērunt et continuāvērunt ōrnāmenta conclāvis attentius exāmināre dum aspicientēs corpus hūmānum relictum sunt obstupefactī. Quādam mēnsā reliqua chēmicī labōris erant, nec nōn variī acervī cujusdam salis erant mēnsūrātī et dēpositī in vitreīs paterīs cuidam experīmentō fortasse prohibitō illī maestō hominī.

"Est idem medicāmentum quod semper eī ferēbam," inquit Poole; cortīna deinde magnō cum sonō fervēbat.

Itaque focum appropinquāvērunt ubi sēdēs erat commodē allātus, et ōrnāmenta theae cuilibet sedentī erant parāta cum saccharō in pōculō. Nōn nūllī librī in pēgma fuērunt; ūnus prope ōrnāmenta theae jacēbat, et Utterson mīrō in modō invēnit eum esse opus religiōsum dē quō dominus Jekyll multīs occāsiōnibus admodum laudāvit; Jekyll annotāvit eum cum multīs verbīs blasphēmīs.

Tum inquīsītōrēs investīgandō officīnam attigērunt quoddam speculum rotundum in cujus profunditātem īnspexērunt necessāriē horrentēs. Speculum fuit tam tortum ut vidērent nihil praeter roseum calōrem lūdentem in tēctum, ignem centum repetītiōnibus frāctum micantem trāns vitreōs frontēs prēlōrum, et pallidās et timidās faciēs eōrum deorsum inspicientium.

"Hoc speculum īnsolitās rēs spectāvit, domine," murmurāvit Poole.

"Nihil est enim tam īnsolitum quam id ipsum," similī tonō inquit jūris cōnsultus. "Quidnam Jekyll"—ille nōn poterat pergere, sed tandem suam impotentiam vīcit—"quid vult Jekyll cum eō agere?" inquit ille.

"Bonam quaestiōnem!" inquit Poole.

Proinde ad ejus scrīnium profectī sunt; in scrīnium, quod multa variaque documenta bene ōrdināta tenēbat, fuit quoddam involūcrum īnsuper omnia dēsignātum ā medicō dominō Utterson. Jūris cōnsultus solvit involūcrum et nōn nūlla ad tabulātum cecidērunt. Prīmum omnium fuit testāmentum quod

contineret eāsdem ēgregiās rēgulās quās alterum, quod sex mēnsēs anteā ipse redidit, habēret; hoc novum testāmentum fuit documentum cāsū mortis et tabula mūnerum cāsū dēcessiōnis; jūris cōnsultus jam obstupefactus legit nōmen Gabriēl Jōannis Utterson ubi quondam legit nomen Edwardi Hyde. Jūris cōnsultus īnspexit ministrum Poole, illud documentum, et deinde suum novissimum mortuum benefactōrem in tapētem jacentem.

"Meum caput volvit," inquit ille. "Dominus Hyde omnēs diēs hoc documentum possīdit; nūllam causam meī dīligendī habēbat; quī sine dubiō erat īrātus videndō sē ipsum esse remōtum ā testāmentō; attamen ille nōn perdidit hoc documentum."

Secundam pāginam deinde sublevāvit; epistula brevis scrīpta ā medicō fuit, et habuit tempus notātum. "Ō Poole!" clāmāvit jūris cōnsultus, "ille hodiē aderat et vīvēbat. Non poterat esse dēpositus tantō brevī spatiō temporis; itaque dēbet vīvere, ex officīnā fūgit! Cūr deinde fūgit? Quōmodo? Valēmus hōc cāsū assūmere hōc esse suīcīdium? Vae, est magnī mōmentī nōbīs cautē pergere. Prōvideō nōs tuum dominum in dīrā catastrophā involvere."

"Cūr nōn epistulam legis, domine?" rogāvit Poole.

"Quod timeō," sōlemniter respondit jūris cōnsultus. "Nōmine Deī nūllam bonam ratiōnem habeō!" Itaque pāginam ante suōs oculōs admōvit et lēgit:

"Mī cāre Utterson,—Quum haec in tuās manūs lāberētur, quidem ēvānuī, et nūllam facultātem habeō cognōscendī quibus circumstantiīs acciderit, sed et mea sagācitās et hae circumstantiae meī ignōtī statūs dīcunt meum fīnem esse ventūrum et mātūrē veniendum. Nūnciam ī, et perlege prīmum nārrātum quem Lanyon monuit sē ipsum

positūrum esse in tuās manūs; posteā sī habēs dēsīderium majus audiendī meum statum, vidē hanc cōnfessiōnem.

"Tuī indignī et miserī amīcī,

"HĒNRĪCĪ JEKYLL."

"Tertiam capsam?" rogāvit Utterson.

"Hīc, domine," inquit Poole quī dēdit eī fascem amplum ubīque signātum.

Jūris cōnsultus fascem in suō sinū posuit. "Dīcerem nihil dē hāc pāginā. Sī tuus dominus fūgit sīve mortuus est, valēmus saltem ejus crēdebilitātem servāre. Nunc est decima hōra; Eundum est mihi ad meam domum, et legam silentiō haec documenta. Regrediar ante duodecimam hōram quum vigilēs vocābimus."

Ēgressī sunt, offirmantēs jānuam theātrī post sē; Utterson relīquit rūrsus eōs servōs circā ignem congregantēs, regressus est ad suum tablīnum ut duās nārrātiōnēs legeret in quibus hoc mystērium erat tandem ēnōdātum.

CAPUT IX

NĀRRĀTIŌ DOCTŌRIS LANYON

Nōnā diē mēnsis Jānuāriī, quattor diēs abhinc, signātum involūcrum ā nūntiō vespertīnō recēpī quod erat scrīptum ā meā collēgā et antīquō amīcō scholasticō, Hēnrīcō Jekyll. Equidem ego eram multum stupefactus; nam nōs scīlicet nōn solēbāmus correspondēre; quem virum vīsitāvī, et apud eum praeteritā nocte cēnāvī; poteram nihil in nostrō colloquiō cōnsīderāre quod requīsīvit hoc grave notāculum. Pāginae interiōrēs meum studium mōvērunt; nam haec fuit epistula:

"9ō Jānuāriī, 18—
"Cāre Lanyon,—tū es ūnus quidem meōrum antīquissi-mōrum amīcōrum; quamvīs interdum dissēnsimus dē quaestiōnibus scientificīs, nōn possum meminisse cuju-squam frāctiōnis amīcitiae, saltem meā opīniōne. Numquam fuit diēs ubi nōn sacrificāvī meam fortūnam aut meam sinistram manum ut juvārem tē dīcentem mihi hoc: 'Doctor Jekyll, mea vīta, meus honor, mea ratiō tē pendunt.' Lanyon, mea vīta, meus honor, mea ratiō tuā misericordiā pendunt; sī hāc nocte mē dēlinquis, sum perquam āmissus. Fortasse jam putās, post hoc prooe-mium, mē rogātūrum esse aliquid pudendum. Hanc rem tibi jūdicā.

"Volō tē omnia tua negōtia hāc nocte dēpōnere—vae, etiam sī imperātor vocāvit tē ad suum lectulum; necesse est tibi raedam sūmere nisi tuum vehiculum vērō ante tuum ōstium adest; dēbēs deinde eam raedam pellere usque ad meam domum tenēns hanc epistulam. Imperāvī meum ministrum Poole ut exspectet tuum adventum, et adventum fabrī claustrāriī. Jānua meae officīnae est aperienda: dēbēs sōlus introīre ut aperiās vitreum armārium (litterā Ē) sinistrā; claustrum rumpe, sī necesse est; removē quārtam capsam ad apicem armāriī *cum omnibus integrīs rēbus*, aut tertiam capsam (quod est idem) ad funderem. Ānxius timeō nē meum malum et prāvum cōnsilium cōnfundat tē! Potes, nihilominus, rēctam capsam ā rēbus contentīs scīre: nōn nūllīs pollinibus, calice, et librō chartāceō. Ōrō tē ut ferās illam integram capsam ad Forum Cavendish.

"Quae est prīma pars negōtiī; pergāmus ad secundam partem. Nūnciam es in tuā domō, sī statim epistulā receptā regressus erās, multum ante duodecimam hōram vespertīnam; sed hanc marginem errōris tibi relīquī, partim timōre cujusdam obstāculī quod nūllō modō potes aut dēsinere aut prōvidēre, partim meā prōvidentiā ut dēbeās hāc ultimā āctiōne fungī quum tuī servī dormīscant suīs lectulīs. Necesse est mihi tum rogāre ut duodecimā hōrā adsīs sōlus in tuō vestibulō, admittās quendam virum in domum quī sē ipsum nūntiātūrus sit meō nōmine, et posteā pōnās in ejus manūs illam capsam quam ē meā officīnā tulistī. Proinde tuam partem ēgistī, et perquam meās grātiās meruistī. Post quīnque minūta, tenēbis quārē omnēs hae comparātiōnēs sint maximī mōmentī, sī requīris eam; fortasse mea mors aut naufragium meae mentis polluent tuam cōnscientiam sī neglēxeris ūnum gradum omnium quī nīmīrum videntur

tibi īnsolitī. "Sciō tē nōn jūdicāre meam appellātiōnem nūllīus mōmentī, sed meum cor cadit et meae manūs tremunt propter hoc possibile fātum. Ego hāc vespertīnā hōrā labōrō compressus tenebrīs timōris quās nūlla imāginātiō crēscere potest. Quodsī tū jam mihi servīs, meī timōrēs volūtūrī sunt, tamquam quīlibet liber fābulārum. Servī mihi, mī care Lanyon, et servā

"Tuum amīcum,

"H. J.

"P.S. hāc epistulā signātā, novus timor dominātur meum animum. Cursus pūblicī dēficiat mihi et haec epistula nōn veniat in tuās manūs ante mātūtīnās hōrās. Facitō deinde, mī cāre Lanyon, hoc pēnsum quandōcumque idōneum sit tibi; meum nūntium, nihilōminus, expectā duodecimā hōrā, fortasse sērius; quodsī nihilō āctō nox praeterīvit, scītō tē numquam vīsūrum esse Hēnrīcum Jekyll."

Epistulā perlēctā, cōnātus sum discernere utrum mea collēga esset īnsāna; attamen, dōnec ejus īnsānitās erat ultrā dubitātiōnem probata, cōnsīderāvī ejus cūram agendam esse. Quantō prāvē tenēbam hanc cūram, eō poteram magnitudinem jūdicāre; nōn potes, autem, tantam appellātiōnem negāre sine gravī culpā. Surrēxī meā mēnsā; intrāvī vehiculum, et eram pulsus rēctē ad domum Jekyll. Minister ejus exspectābat meum ingressum; ille recēpit simile documentum signātum, et vocāvit statim et fabrum claustrārium et fabrum lignārium. Fabrī intrāvērunt domum antequam nōs incēpimus nostrum colloquium; ingredientēs ūnā advēnimus theātrum chīrūrgiae, quondam possessum ā doctōre Denman; illīc facilius fuit intrāre officīnam prīvātam doctōris Jekyll. Jānua valdē firma fuit, claustrum optimum; exinde faber dēclārāvit ut eam aperīre esset valdē difficile; jānua afflīgerētur sī magnā vī premerētur; faber

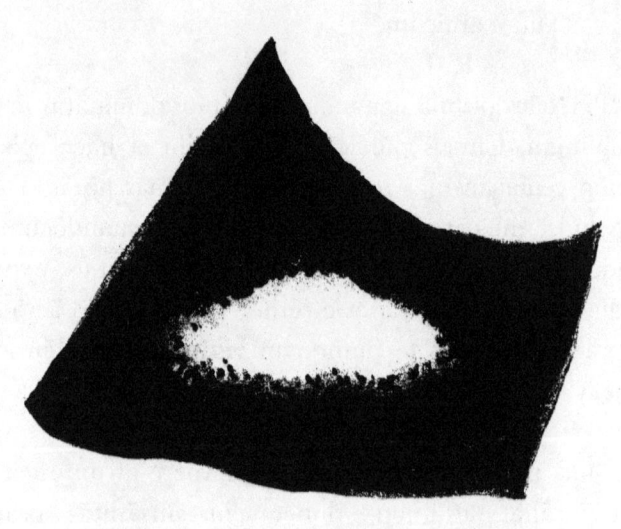

claustrōrum fuit paulum dēpressus, sed ille fuit dexter. Labōrandō duās hōrās, jānua erat tandem aperta et armārium nōmine Ē reserātum; capsam remōvī eamque stipulīs fartam in linteō volvī et fūnibus ligāvī; deinde regressus sum eam tenēns ad Forum Cavendish.

Utique prōcessī contenta exāmināre. Pollina generātim erant bene fabricāta, sed nōn fuērunt pollina quae omnēs chēmicī possint lepidē parāre; putāvī deinde sine dubiō ea esse fabricāta prīvātim ā Jekyll; quum ūnum involūcrum aperuissem, invēnī quod fuit simplex crystallinus sāl, albus colōre, in meā opīniōne. Dīmidium calicis quem meus animus attendit, quendam sūcum sanguineum tenēbat quī fuit asper valdē nāribus; continēbat, ut vidēbātur mihi, quendam volātilem aetherem et phosphorum. Poteram nihil sūmere dē aliīs partibus mixtūrae. Liber fuit ōrdinārius cōdicillus, et nihil praeter seriem diērum et mēnsum continēbat. Seriēs per multōs annōs prōgressa erat, sed observāvī, ūnum annum abhinc, hanc seriem abscīsē esse fīnītam. Commentāriola erant adita hīc et illīc ad certōs diēs, generātim nihil plūs quam ūnum verbum: "duplex". Quod accidit tōtā seriē centum diērum, fortasse sexiēns; semel accidit in initiō indicis cum nōn nūllīs signīs exclāmātiōnis, "dēfectissimum!!!" Haec omnia, dum studium mihi movērent, tam pauca dēfīnīta mihi dedērunt. Utique hīc fuit calix pōtiōnis, charta cujusdam salis, et commentārium continēns seriem experīmentōrum quae dūxerant summātim (ut multae investīgātiōnēs Jekyll) ad quandam fīnem ūtilitāte cārentem. Quōmodo potest praesentia hārum rērum in meā domō juvāre honōrem, sānitātem, vītamque meae collēgae errāticae? Sī ejus nūntius valet īre quemquam locum, quārē deinde mea collēga hunc locum sēlēgit? Etiam concēdendō quoddam ignōtum impedīmentum, quārē dēbeō hunc virum recipere? Quantō cōnsīderāvī ejus statum, eō convīnctus eram ut tractārem cāsum cujusdam morbī cerebrālis; quamvīs meōs servōs īre cubitum dēmissī, pistōlium

antīquum glandibus parāvī ut mē ipsum quōdam modō dēfenderem.

Duodecima hōra haud crepuit per viās Londīniī quum pultārium molliter resonāret. Quō sonō audītō, ingressus sum ad ōstium, et invēnī hominem parvum, quī nītēbātur columnīs porticūs.

"Ēn advenīs ā dominō Jekyll?" egomet rogāvī.

"Ita," inquit ille cōnstrictus; quum eum rogāvissem ut domum intrāret, ille nōn cōnsēnsit quīn tenebrās forī īnspiceret. Quīdam vigil fuit nōn tam procul quī ingrediēbātur tenēns suam lucernam; eō cōnspectō, putāvī meam hospitem celerius movēre.

Cōnfitēbor tibi hās particulās mē male mōvisse; tenēbam in meā manū fūrtim quoddam ferrum dum eum sequēbar in illud candidum lūmen vestibulī. Poteram tandem eum clārē īnspicere. Numquam in meā vītā eum ante meōs oculōs bene īnspexī; multa, autem, jam erant certa. Ille homō, ut suprā dīxī, parvus fuit; et eram captus ejus cōnsternātā faciē et compositiōne mōtūs mūsculāris, et magnā dēblitāte cōnstitūtiōnis; suprā haec omnia, eram mōtus quādam īnsolitā turbātiōne quam ejus vīcīnitās īnstīgāvit. Haec rēs vidēbātur habēre quendam rigōrem modo inceptum; exinde quīdam pulsus cadūcus ēvidenter succēdēbat. Cōnsīderāvī mē habēre quoddam et ūnicum et prīvātum odium cōnstitūtum sine ratiōne; et sōlum mīrātus sum ejus symptōmāta acūta, sed possum jam dīcere sānē illam causam meōrum sēnsuum esse fundātam in illā īmā nātūrā hominis, et eam pendēre quōdam nōbiliōre cardine quam essentiā odiī.

Ille homō (quī suō introitū complēvit meum animum odiōsā cūriōsitāte) induēbat vestīmenta quae rīsum movērent ōrdināriīs hominibus; ejus vestīmenta, quamvīs erant ā quōdam opīmō et sānō textō fabricāta, erant tam larga in omnibus dīmēnsiōnibus—brācae pendēbant crūribus et volvēbantur ita ut retinērentur ab humō, media pars amictūs cadēbat post ejus natēs, monīle suprā ejus umerōs lātē sternēbātur. Īnsolitum est

115

nārrāre, sed haec indūmenta nūllō modō movēbant rīsum mihi.

Enim vērō, aliquid abnōrme et malum erat conceptum in essentiā creātūrae cōram mihi—aliquid tenāx, mīrum, et putridum—vīva inaequābilitās, ut mihi vidēbātur, et quadrābat et sustinēbat eum ita ut cūriōsitās adderētur ad meum studium dē ejus orīgine, vītā, fortūnā, ac cīvīlī statū.

Hae observātiōnēs quae magnum spatium requīsīvērunt ut ēnōdārentur, pauca secunda erant celeriter fōrmātae. Meus hospes erat incēnsus quādam sōlemnī concitātiōne. "Eam rem habēs?" clāmāvit ille. "Eam rem habēs?" Impatientia fuit tam vīvāx ut ille pōneret suam manum suprā meum bracchium et cōnārētur mē agitāre.

Modo tāctus, eram cōnscius cujusdam frīgidī aculeī in meō sanguine. "Agedum, domine," dīxī repōnēns eum. "Oblītus es mē numquam tē convēnisse. Sedētō, quaesō, sī tibi placeat." Exemplum eī praebuī; sēdī mea solitā sellā, et temptāvī eam speciem praebēre quandōquidem exāminārem aegrum hominem; tam multum temptābam quam ea sēra hōra, ea nātūra meōrum officiōrum, et horror meī hospitis permīsērunt mē.

"Ignōsce mihi, doctor Lanyon," satis cīvīliter respondit ille. "Optimum est quod dīcis; mea impatientia calcitrāvit meōs mōrēs. Exōrātus ā tuā collēgā, doctore Hēnrīcō Jekyll, adveniō ad agendam partem negōtiī cujusdam mōmentī; et sciō," dēsiit ille et manum ad collum posuit, eō poteram vidēre (quamquam ejus modus erat collēctus), eum luctantem contrā eōs prīmōs gradūs hysteriae—"sciō quandam capsam..."

Miseruī meī suspēnsī hospitis; miseruī meae cūriōsitātis crēscentis.

"Illīc est domine," respondī. Capsam involūtam indicāvī pōne mēnsam.

Is rapuit eam capsam, dēstitit, et dēposuit suam manum suprā cor; ejus dentēs strīdentēs poteram audīre, quōdam īnfernō

mōtū ejus māxillae; ejus vultus vidēbātur esse tam lūridus ita ut ego metuerem ejus vītam et ratiōnem lābentem.

"Tē ipsum compōne," dīxī ego.

Sē ipsum vertēns, horridum rīsum mihi praebuit, quasi, modo dēspērātus, vulsisset suum vēlāmen. Modīs suīs jam cōnspectūs, ille mūgīvit et ēmīsit longum clāmōrem tantae magnae levātiōnis ut egomet dēstrictus sedērem. Quādam vōce bene frēnātā, "an calicem chemicum habēs?" rogāvit ille.

Ē meō locō surrēxī, et eam rem quam poposcit, dedī eī.

Post grātiās mihi agendās, ille annuēns coepit mētīrī pauca minima rubrae mixtūrae et addere pollēn. Haec mixtūra in prīmīs quaedam rubra circumlitiō coepit crystallīs liquefactūs illūmināre, valdē effervēscere, et ēmittere parvōs fūmōs vapōris. Eōdem mōmentō, subitō quaedam ēbullītiō fuit; illa compositiō erat mūtāta colōre; purpureus color lentē dēflōrēscēbat in quendam thalassinum. Meus hospes rīdēbat et dēposuit eum calicem in mēnsam quī hās metamorphōsēs attentē spectāvit; contemplātīvus deinde vertit ut mē īnspiceret.

"Nūnciam," inquit ille, "nostrum negōtium terminandum est. An sapiēns eris? An bene perītus? Possumne tuā veniā exīre dum hunc calicem teneō sine colloquiō? An est tua avāritia et cūriōsitās ita potēns ut nōn valeās tuum animum frēnāre? Priusquam respōnsum mihi dabis, omnia cōnsīderanda sunt; tuum dēsīderium erit factum. Possum relinquere te nēve divitiorem nēve sapientiorem, nisi auxilium oblātum hominī mortālī, est quaedam margarīta animōsa tibi. Possum etiam vidēre ut habeās novam prōvidentiam scientiae novāsque viās ad fāmam et potestātem admodum apertās tibi hōc conclāvī; tuus cōnspectus erit perquam frāctus ā prōdigiō quod potest equidem ūllam incrēdulitātem Satanae vacillāre."

"Domine," dīxī ego, quandam tranquilitātem praebēns quam nōn rē vērā possidēbam, "aenigmatibus loqueris; sine dubiō scīs mē nūllō modō posse in tuīs verbīs cōnfīdere. Tanta officia

inexplicābilia, autem, tibi tractāvī, quārē nūllō modō possum ante fīnem dēsinere."

"Bene sē habet," respondit meus hospes. "Lanyon, mementō tuōrum vōtōrum: haec rēs sub sigillō nostrae professiōnis erit ācta. Nunc, tū quī multōs per annōs cōnstrictus es ad cōgitāmenta angustissima et dēsultōria, quī negāvistī quandam virtūtem medicīnae trānscendentis, quī dērīsistī tuōs superiōrēs, ecce!"

Calicem ad sua labia sustulit et tōtam pōtiōnem ūnō haustū pōtāvit. Magnus clāmor secūtus est; quippe quī vacillāvit et titubāvit, mēnsamque comprehendit, et eam firmē tenuit dum ille injectīs oculīs īnspiceret et ōre apertō anhēlāret. Quaedam mūtātiō fuit, ut vidēbātur mihi; ille tumēbat, ejus vultus subitō fuit āter, et ejus faciēs molliēbat et mūtābat. Proximō mōmentō, īnsultāvī ad meōs pedēs contrāque mūrum salīvī; ēlevāvī meum brāchium ut mē ipsum ab illō prōdigiō prōtegerem, et mea mēns erat terrōre mersa.

"Ō Deus!" clāmāvī, "Ō Deus!" iterum iterumque; nam ante meōs oculōs, pallidus vir, et concussus et languidus, rēptābat suīs manibus; fuit Hēnrīcus Jekyll!

Omnia quae mihi nārrāvit, nōn possum propter meam dēbilem mentem scrībere. Spectāvī omnēs rēs quās spectāvī, audīvī omnēs rēs quās audīvī; quōcircā, meus animus aegrōtāvit. Etenim jam quum illa faciēs ā meīs oculīs ēvānuerit, mē ipsum rogō utrum crēdam, et nōn possum quicquam respōnsum meō corde invenīre. Mea vīta est agitātus suīs rādīcibus; somnus mē relīquit; morbōsissimus terror, omnibus hōrīs et diēī et noctis, prope mē sedet; sentiō meōs diēs esse numerātōs, et obeundum mihi esse; sed incrēdulus ad Orcum ībō. Quam turpitūdinem relevātam mihi, nōn possum, etiam cum lacrimīs paenitentiae, cōnsīderāre sine quōdam increbēscentī horrōre. Sōlummodo ūnam rem tibi dīcam, Utterson; erit plūs quam satis tibi (sī potes, aperiendō tuam mentem, hanc rem agnōscere). Nōmen

121

creātūrae quae nocte rēpsit in meam domum fuit Hyde; multī hominēs ubīque aucupātī sunt eum propter illam caedem Carew.

Hastie Lanyon

Caput X

Expositiō Tōta Cāsūs Hēnrīcī Jekyll

Nātus sum annō 18—, magnamque fortūnam adeptus; quīn etiam eram ōrnātus optimīs partibus et inclīnātus ad industriam in meā nātūrā cūrāns quandam admīrātiōnem sapientiae et bonitātis inter alteros hominēs; admodum, ut multī possunt assūmere, eram dēsignātus ad quandam honestam et distīnctam futūram. Impatiēns laetitia, quae multōs hominēs meliōrāvit, fuit quaedam pessima macula mihi; nōn poteram facile reconciliāre eam cum meō imperiō dēsīderiō ēlevandī meum caput, gerendī quandam speciem graviōrem hominibus. Proinde accidit mē mea dēsīderia concēlāvisse; quum tandem advēnissem ad meōs ultimōs annōs contemplātiōnis, et coepissem tōtō in orbe terrārum circumspicere et meam prōgressiōnem et statum notāre, stābam modo comissus ad quandam profundam duplicitātem vītae. Multī hominēs saltem ostenderent tanta menda quae culpārent mē; ego autem annotāvī et concēlāvī ea ab illīs altīs prōspectibus quōs aggrediēbar cum quōdam ferē morbidō pudōre. Ita ea fastīdia nātūra investigationis fuit major quam ea dēgradātiō culparum mihi; quod produxit me, genuit mea attribūta; sēparāvit illās prōvidentiās mihi bonōrum et malōrum quae dīvidant et compōnant duplicem nātūram hominis; habēbam majōrem fossam inter meās prōvidentiās quam

125

alterī hominēs. Quārē, prōpulsus eram ad meditandum et intimē et cōnstanter dē illā asperā rēgulā vītae quae rādīx religiōnis est et ūnus plēnissimus fōns turbātiōnis. Quamquam ego eram quīdam apostata, nūllō modō eram hypocrita; ambō extrēmitātēs meī animī fuērunt intentī; nōn fidēlius secūtus sum meum animum quum removērem vincula cōnsuētūdinis et summergerem meam vītam in pudōrem, quam quum labōrārem lūmine diēī ad meam scientiam omnium rērum amplificandam sīve ad meam maestitiam et miseriam dīminuendam. Accidit ut cursus meōrum studiōrum scientificōrum, quī perquam ad omnia mystica et transcendentālia dūxisset, prōcēderet valdēque illūmināret meam scientiam perennis certāminis quod inter mea membra esset gestum. Utique cotīdiē ambōbus lateribus meae intelligentiae, et mōrālī et intellēctuālī, egomet ita cōnstanter appropinquāvī illam vēritātem partim ā mē repertam quae damnāvit mē ad tantum magnum naufragium: homō nōn ūnus est, sed rēapse duo. Duo dīcō, quia status meae scientiae nōn ultrā illum pūnctum prōgressus est. Quōcircā aliī adsequentur, alterī antecēdent mē; spōnsiōnem faciam hominēs memorandōs esse ob suās multifāriās, incongruās, et indēpendentēs cīvitātēs. Egomet, sequēns nātūram meae vītae, prōgressūrus sum rēctē ad ūnam mētam, et ad ūnam sōlam mētam. Sōlummodo didicī per meam mōrālem experientiam recognōscere illam prīmitīvam duplicemque nātūram hominum. Etiamsī possem esse ascrīptus in quandam duārum nātūrārum quae contenderent in agrō meae cōnscientiae, quae possibilitās duārum nātūrārum sōlum exstābat in meā experientiā quoniam habēbam ambās nātūrās. Solēbam lepidē cōgitāre dē hīs elementīs sēparandīs antequam cursus meae scientiae coepit ūllum signum tantī mīrāculī indicāre. Sōlum magnum et lepidum somnium fuit. Sī uterque meārum persōnārum in quandam propriam domum dēpōnerētur, mea vīta deinde ab omnibus difficultātibus līberārētur; injūsta persōna deinde posset ingredī, neglegēns

aspīrātiōnēs et remorsum suī altiōris geminī; jūsta persōna etiam posset ingredī, sequēns cōnstanter et sēcūrē suum nōbilem et altum cursum in quō faceret bonās et idōneās rēs, et numquam sequerērētur peccātum et paenitentiam manibus daemonis. Pestis hominum fuit hī incongruī fascēs ūnā astrictī—hī polārēs geminī aeternē nītuntur in uterō turbātō cōnscientiae. Quōmodo deinde poteram dissociāre eōs?

Immersus eram in meīs cōgitāmentīs quum, ut suprā dīxī, quoddam lūmen coepit suprā subjectum nitēre ē meā mēnsā labōrātōriī. Itaque coepī īmius percipere, quam umquam est relātum, illam trementem immateriālitātem, illam trānscendentem nūbilam hujus immō firmī corporis in quō nōs indūtī ambulāmus. Invēnī certī āctōrēs habeant potentiam agitandī et ēvellendī illum vestīmentum carnāle, quasi ventus forsitan possit vēla vīllae jactāre. Scientificam partem meae cōnfessiōnis nōn acūtē dissēveram ob duās bonās ratiōnēs. Prīmum: discendum erat quod fātum et onus vītae nostrae perpetuē nītuntur nostrīs umerīs; quum cōnātī sumus ea reicere, possunt suum locum asperius et cum majōre pressū resūmere. Secundum: ut mea fābula potest bene liquēre, meae investīgātiōnēs nōn complētae erant; quod ego recognōvī meum corpus nātūrāle esse dēfīnītum ā mera aurā et nitōre certārum virtūtum quae meum spīritum fōrmāvērunt, et etiam poteram quoddam medicāmentum compōnere quō hae virtūtēs erant ā suō thronō expulsae, et quaedam secunda fōrma et affectus erant posita quae nōn minus erant in nātūrā; ea erant et expressiō et sigillum humiliōrum elementōrum in meō animō.

Longō tempore haesitāvī antequam cōnātus sum meam theōriam temptāre. Bene sciēbam quod meam vītam pōnēbam in manūs fātōrum; nam quicquam medicāmentum quod ita potest rēgnāre et fortiter agitāre castrum ipsum īdentitātis, valeat cum parvā nimietāte, saltem malō ēventū exhibitiōnis, dēlēre illud incorporāle tabernāculum quod medicāmentō haustō

mūtābam. Attamen temptātiō inventiōnis tam singulāris et profunda erat ita ut vincerem meās suggestiōnēs trepidātiōnis. Parāveram meum absinthium; ēmī magnam quantitātem cujusdam salis ā popīnā chēmicā; invēnī post mea experīmenta eum salem esse ultimam partem. Nefāriā serā nocte, omnia elementa compressī, et ea effervēscentia fūmantiaque spectāvī in calice; quum ille bullītus dēsierat, eam pōtiōnem hausī magnā audāciā.

Magnī dolōrēs atque afflīctiōnēs incessērunt: fuit ossibus molitiō, nausea morbōsa, et quīdam horror spīritūs quī nec hōrā ortūs nec obitūs potest superārī. Tunc hī dolōrēs deinde coepērunt celeriter subsīdere, et immersī quasi essem experrēctus ā magnō aegrō. In meīs sēnsibus aliquid īnsolitum, novum, mīrum, et dulce fuit suā novitāte. Sēnsī mē esse juveniōrem, leviōrem, et laetiōrem corpore; intus, cōnscius eram audāciae magnae; flūctūs errāticārum imāginum sēnsuālium fluēbant tamquam amnis magnam rotam aquāticam pellēbat; vincula obligātiōnis erant solūta, et quaedam ignōta sed nūllō modō innocēns lībertās animī fuit. Prīmō spīritū hujus novae vītae, scīvī mē esse nefārium, deciēns nefārium; eram jam servus vēnditus ad meum nātīvum malum; hoc cōgitāmentum, quasi bonum vīnum, mē dēlectābat atque nūtriēbat. Meās palmās ad caelum extendī, hīs vīvācibus sēnsibus exsultāvī; eīs āctibus, subitō recognōvī meam statūram esse diminūtam.

Nūllum speculum eō aderat in meā officīnā; posteā attulī speculum mihi ut possem meās mūtātiōnēs īnspicere. Illa nox, autem, in mātūtīnās hōrās sequentis diēī inrēpsit—ātrum māne at satis mātūrum fuit ut posset novum diem gignere. Meī servī lāpsī sunt illīs strēnuīs hōrīs somnī; utique triumphus et spērāns cōnstituī ut ingrederer usque ad meum cubiculum gerens meam novam fōrmam. Trānsgressus sum agrum quō cōnstēllātiōnēs dēspexērunt mē; poteram mīrō in modō putāre mē esse prīmam creātūram huius generis quam sīdera suā vigilantiā umquam observāvērunt; omnēs per aulās fūrtim rēpēbam, hostis meā

domō; adveniēns ad meum cubiculum, poteram prīmō tempore aspectum Edwardī Hyde vidēre.

Necesse est mihi jam loquī movendō labia theōriae; nōn dīcam rēs quās firmē sciō, sed rēs quās crēdō esse probābilissimās. Mala pars meae nātūrae tenēns omnēs meās facultātēs, fuit minus rōbusta et amplificāta quam bona pars modo dēposita. Ea pars semper fuit minus exercita et fatīgāta cursū meae vītae labōriōsae, virtuōsae, et frēnātae; itaque crēdō advēnisse Edwardum Hyde esse parviōrem, graciliōrem, et juveniōrem quam Hēnrīcum Jekyll. Quamvīs bonitās suprā faciem Jekyll micābat, malitia suprā faciem Hyde manifēstē erat scrīpta. Malitia (quam enim crēdō esse lētālem partem hominis) relīquerat quandam impressiōnem dēfōrmitātis et cariēī in illō corpore. Īnspiciēns illum foedum īdōlōn speculō, nōn eram cōnscius repugnantiae, sed rēapse cujusdam grātae salūtātiōnis. Etiam habēbam quendam aspectum nātūrālem et hūmānum. Gerēbat vīviōrem imāginem spīritūs in meīs oculīs; rēapse aspectus vidēbātur esse vīvācior et proprior quam imperfectus et dīvīsus aspectus quem solēbam attribuere ad meum nōmen. Quoad meam theōriam, nīmīrum *nōn* errābam. Observāvī nēmō posset mē appropinquāre sine vīsibilī reverentiā quum induerem meam persōnam, Edwardum Hyde. Hominēs fuērunt reverentēs meā opīniōne quoniam omnēs hominēs sunt quaedam mixtūra bonitātis et malitiae; Edwardus Hyde, autem, fuit mera malitia et sōlus magnā catervā.

Paulātim cōnsistēbam ante speculum, secundō experīmentō nōn tentātō; nesciēbam eō tempore an perdidissem meam identitātem ultrā redēmptiōnem et dēbērem ante mātūtīnam lūcem fugere ē meā domō quae jam nōn mihi esset; festīnāns ad meam officīnam, parāvī et hausī pōtiōnem, affectus dolōribus dissolūtiōnis; tandem advēnī ad mē ipsum cum eō propriō ingeniō, statūrā, et vultū Hēnrīcī Jekyll.

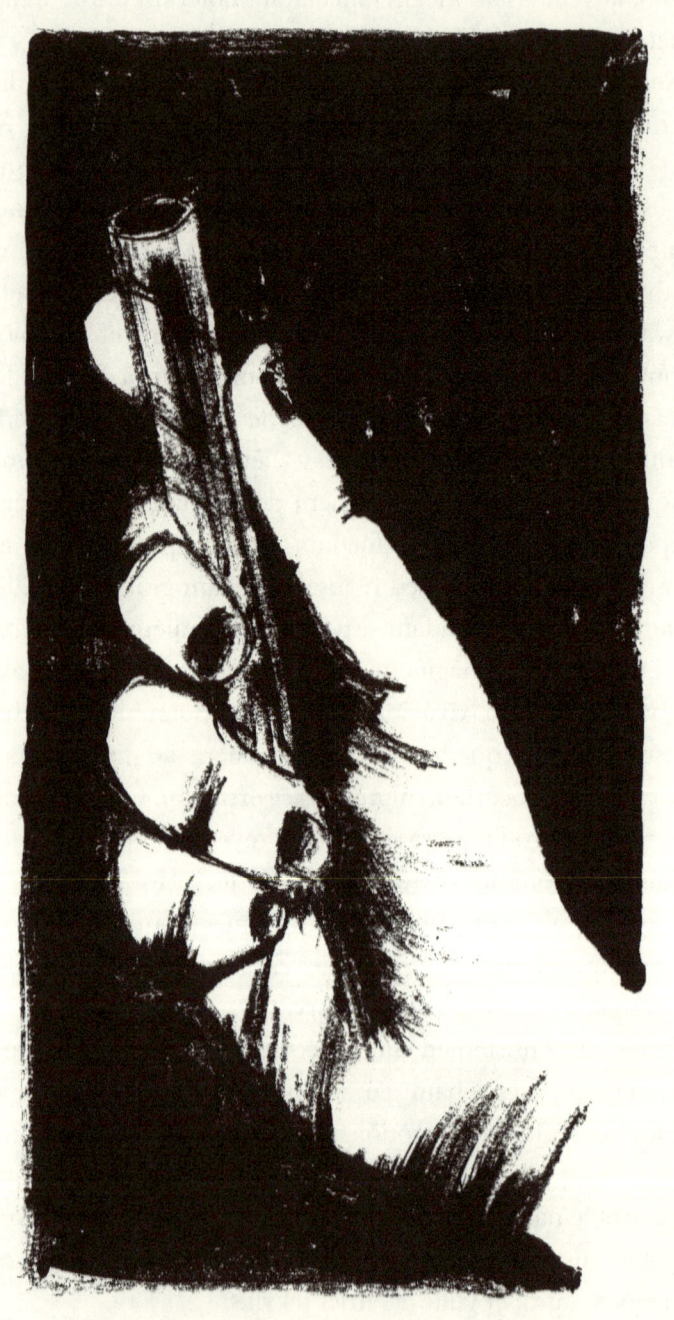

Illā nocte, ad fātālia bivia advēnī. Sī nōbilior advēnissem ad meam inventiōnem, sīve dīmicāvissem adversus meum experīmentum sequēns aspīrātiōnēs generōsās et piās, genitus essem quīdam angelus, nōn daemōn; omnia essent ācta aliō modō hīs dolōribus obitūs et ortūs. Medicāmentum habēbat nūllam āctiōnem discrīminantem; nēve diabolicum nēve dīvīnum fuit; magna ōstia carceris dētinentia meam dispositiōnem tremēbant. Illa creātūra concēlāta, quasi captīvī Philippīs, poterat tandem ērumpere. Mea virtūs dormiēbat; mea malitia, experrēcta ambitiōne, vigilābat citāta ad occāsiōnem rapiendam; illa rēs prōjecta fuit Edwardus Hyde. Quum duās persōnās atque duōs aspectūs habuissem, alter fuit mera malitia, alter bonus Hēnrīcus Jekyll, quī erat illa incongrua compositiō cujus refōrmātiōnem atque corrēctiōnem didicī dēspērāre. Itaque cursus erat admodum inclīnātus ad pejōrā.

Etiam, nōn poteram vincere meam invidiam siccitātis inventae studiōsā vītā. Atquī eram dispositus interdum ad laetitiam; quum mea dēsīderia essent (ut vērē dīcam) indigna, et ego nōn modo essem nōtus et respectus, sed etiam in senem crēscerem, haec inaequālitās meae vītae cotīdiē aegrēscēbat. Mea nova potentia tentāvit et tandem indūxit mē in servitūtem. ūnā potiōne haustā, poteram statim removēre corpus notī professōris et assūmere corpus Edwardī Hyde, quendam crassum amictum. Dē hāc nōtiōne rīsī; vidēbātur cōmicum esse mihi; cōnstitueram studiōsē meās comparātiōnēs. Parāveram et ōrnāveram illam domum in Sohōne ubi vigilēs observābant dominum Hyde; et condūxī focāriam, quandam creātūram scīlicet silentem et turpilucram. Gerēns persōnam doctōris Jekyll, nūntiāvī dominum Hyde (quem dēscrīpsī) habitūrum esse lībertātem et plēnam potentiam circā meam domum in illō forō meīs servīs; gerēns meam alteram persōnam, domum vīsitāvī et praebuī mē ut familiārem hominem ut dēflecterem mala ācta. Posteā cōnscrīpsī illud testāmentum admodum vetitum ā tē ut possem persōnā

Edwardī Hyde pergere sine āmissiōne pecūniae, sī quicquam mē accideret persōnam medicī Jekyll gerentem. Itaque crēdēbam mē esse fortificātum omnibus lateribus et coepī fruī īnsolitīs immūnitātibus propter meam positiōnem.

Hominēs anteā condūxērunt interfectōrēs ut crīmina eīs agerent, dum habent suam persōnam et fāmam cūstōdītam in tūtō locō. Egomet fuī prīmus quī ageret scelera suīs manibus. Egomet fuī prīmus quī posset grassārī palam omnibus cīvibus plēnus dignitāte geniālī; poteram removēre hanc persōnam faenerātam et salīre in mare lībertātis quasi puer scholasticus. Meus amictus inpenetrābilis prōvīderat vērō sēcūritātem mihi. Cōnsīderā hoc—nōn rēapse exstābam! Permitte mihi per meam jānuam labōrātōriī ēvānēscere, dā sōlum ūnam secundam sīve alteram mihi ut misceam eam et hauriam pōtiōnem semper mihi parātam; factīs neglēctīs, Edwardus Hyde deinde dēflueret tamquam spīritūs ēmissī in speculum; et in ejus locō, fuit quiēs homō quī tondēbat līnum suae lampadis nocturnae in suō tablīnō, et quī poterat subrīdēre omnem suspīciōnem; quippe quī fuit Hēnrīcus Jekyll.

Gerēns meam persōnam, festīnābam, ut suprā dīxī, quaerere dēsīderia indigna; haudquāquam asperius verbum dīcerem. Mox ea dēsīderia coepērunt mūtāre in mōnstruōsa in manibus Edwardī Hyde. Regressus eram post hās excursiōnēs, saepe immersus quādam admīrātiōne meae vicāriae prāvitātis. Hunc familiārem ē meō animō vocātum ēmīsī ut sōlus sequerētur sua dēsīderia; et fuit quoddam ēns et malignum et nefārium suīs vīsceribus; omnia ejus ācta et cōgitāmenta circā eum ipsum volvēbantur; dēsīderābam et hauriēbam dolōrem cujusquam hominis cum quādam bēstiālī aviditāte, inexōrābilis quasi vir saxōsus. Hēnrīcus Jekyll interdum stābat attonitus actīs Edwardī Hyde; hic cāsus erat remōtus ab ōrdināriīs lēgibus, et nefāriē poterat relaxāre amplexum cōnscientiae. In prīmīs sōlus Hyde fuit reus. Nūllō modō erat status doctōris Jekyll diminūtus; rūrsus

experrēctus, vidēbat suās bonās quālitātēs nōn esse volnerātās; rēapse festīnāret, quandōcumque erat possibile, ut dissolveret tōtam malitiam āctam ab Hyde. Itaque ejus cōnscientia poterat requiēscere.

Nūllum dēsīderium habeō disserendī omnēs aspectūs īnfāmiae quam fūrtim permīsī (vixdum possum admittere mē eam comitāvisse); Sōlummodo voluī paucās ammonītiōnēs et gradūs succēdentēs ostendere quibus mea poena appropinquāvit. Breviter commemorābō ūnum ēventum quoniam nūlla cōnsequentia posteā secūta est. Incendī īram viātōris propter quoddam factum crūdēlitātis contrā puellam. Quem viātōrem praeteritō diē recognōvī. Ille fuit tuus cognātus; medicus et familia līberae eum comitātī sunt; fuērunt nōn nūlla mōmenta in quibus timēbam multum dē meā vītā; tandem necesse erat Edwardō Hyde eōs ad ōstium dūcere, pecūniam solvere (potius syngrapham nummāriam nōmine Hēnrīcī Jekyll subscrīptam) ut jūstum odium eōrum pācārem. Āmōvī facile hoc perīculum ā futūrīs temporibus aperiēns alterum canālem cōnstitūtum alterā argentāriā, nōmine Edwardī Hyde; parāvī ūnicum signum duplicī meō, reclīnāns meam manum deorsum, et putāvī mē ultrā līmen fātōrum sēdēre.

Circā duōs mēnsēs ante caedem dominī Danvers, versātus sum in quōdam meōrum perīculōrum, regressus sum sērā hōrā, et experrēctus sum proximō diē in meō lectulō paulum percipiēns īnsolitōs sēnsūs. Fūtile circumspexī eās decentēs supellectilēs et altās prōportiōnēs meī cubiculī in forō; fūtile recognōvī plagulās et ligneam strūctūram lectulī; aliquid īnsistēbat quod ego nōn eram ubi eram, nōn experrēctus eram ubi appārēbat, sed in parvō conclāvī Sohōnis ubi gerēns corpus Edwardī Hyde, solēbam dormīre. Subrīsī et lentē coepī inquīrere modō pyschologicō elementa hujus illūsiōnis; investīgāns haec elementa, nōnnumquam cadēbam in commodiōrem mātūtīnum somnum. Satis vigilātus notavi meam manum quōdam mōmentō

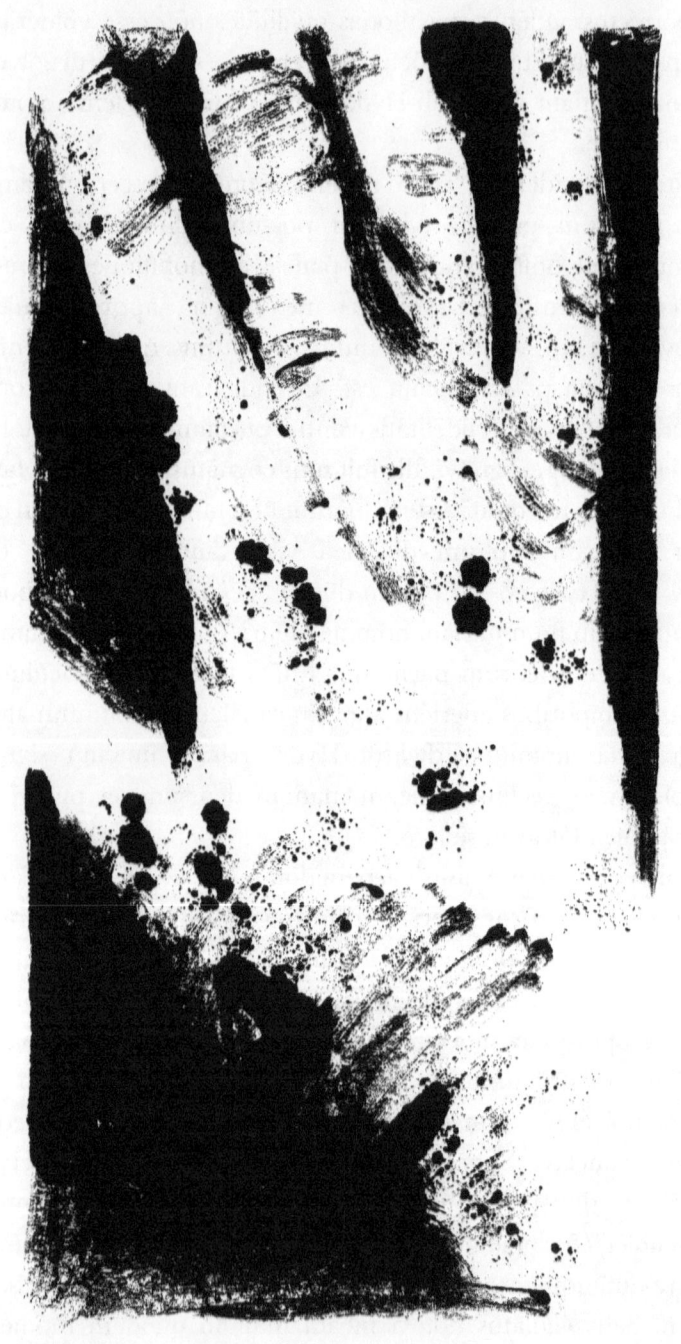

sāniōre. Hēnrīcus Jekyll habuit (ut saepe annotāstī) manūs cum fōrmā tum magnitūdine virīlēs: largās, firmās, albās, et decorās. At spectāvī satis clārē quandam manum in flāvō lūmine mātūtīnārum hōrārum Londīniī, recumbentem partim vēlātam in linteīs, gracilem, articulōsam, et nōdōsam, nec nōn umbrōsam cum quōdam lūteō cumulō crīnium et quōdam pulverulentō pallōre. Quae fuit manus Edwardī Hyde.

Nōn dubitō quīn illam manum paene trīgintā secunda īnspexerim, tam immersus eram in merā stultitiā admīrātiōnis quum terror erat experrēctus in meō pectore tam subitō et repente quam crepitus cymbalōrum; exsiluī ē meō lectulō, cucurrīque ad speculum. Aspectū vīsō, meus sanguis erat mīrificē mūtātus in aliquod et gracile et gelidum. Ita, īveram cubitum, Hēnrīcus Jekyll, et Edwardus Hyde eram experrēctus. Quōmodo poteram hoc explicāre? Mē ipsum rogāvī. Quōmodo poteram id sānāre? Horrēscēns cōgitāvī. Māne incohātum erat; servī surrēxērunt; omnia mea medicāmenta erant in officīnā posita—longum iter fuit per postīcam viam, trāns cohortem apertam, et per theātrum anatomiae unde stābam territus horrōre. Fortasse poteram meam faciem tergere, sed cujus ūsus? Nōn poteram mūtātiōnem meae altitūdinis concēlāre. Quaedam omnipotēns dulcitūdō levātiōnis tandem revēnit in meam mentem: servī solērent multōs et ingressūs et regressūs vidēre meī secundī corporis. Mox indueram vestīmenta meae magnitūdinis tam bene quam poteram; praeterīveram per domum ubi Bradshaw dēprehēnsus spectāverat dominum Hyde repentem per domum tantā hōrā et īnsolitō statū; post decem minūta, doctor Jekyll regressus erat in suam propriam fōrmam et sedēns obumbrāverat suum frotnem ut āctum jentandī simulāret.

Enim vērō parva fuit mea famēs. Hic inexplicābilis cāsus, haec reversiō anteriōris experientiae īnscrībēbant omnēs litterās meī jūdiciī sīcut Babylōnius digitus mūrō pendēns; itaque coepī recōgitāre, gravius quam umquam in meā vītā dē argūmentīs et

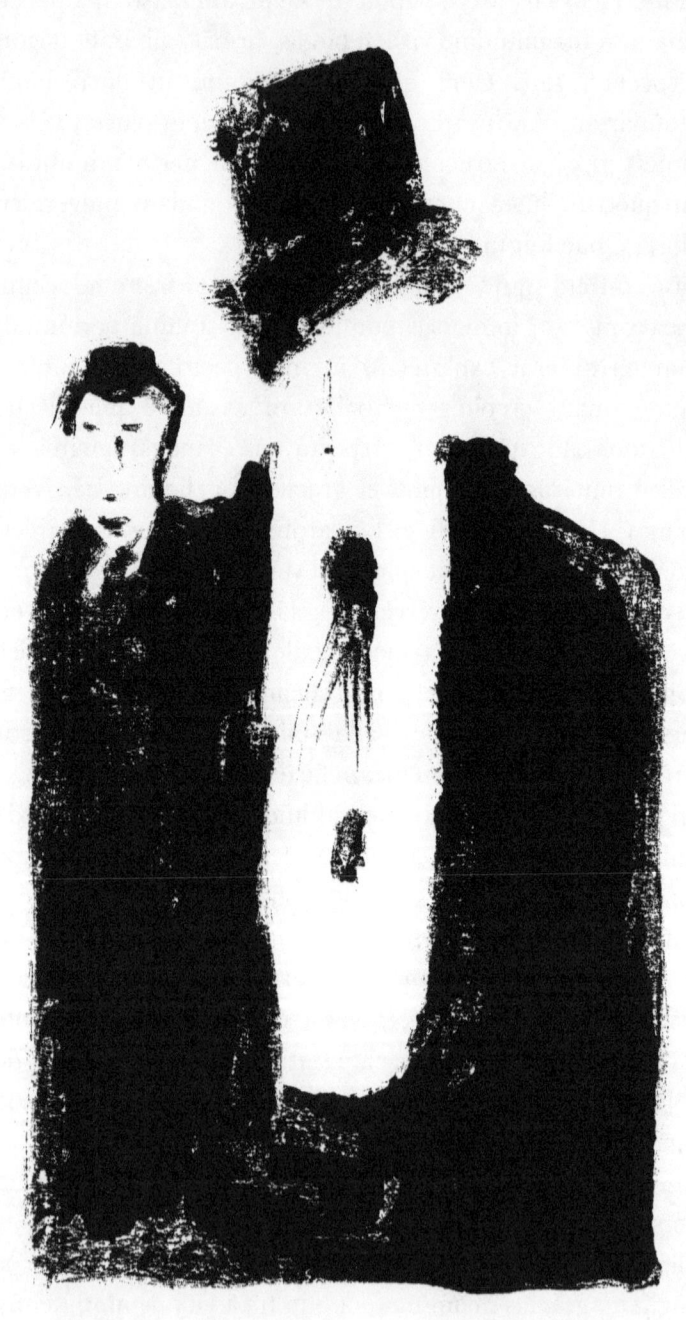

condiciōnibus meae duplicis existentiae. Quae pars meī animī quam poteram meā vī prōicere, recenter erat multum exercita, nūtrīta; novissimē vidēbātur mihi quod corpus Edwardī Hyde statūrā crēverat, quasi (quum illam fōrmam gerēbam) cōnscius esset majōris flūctūs sanguinis; coepī spectāre quoddam perīculum, quod meum aequilībrium, sī hoc extenderētur, esset semper prōstrātum, et potentia mūtātiōnis voluntāriae esset relicta, et illa persōna Edwardī Hyde esset mihi irrevocābilis. Illa potentia medicāmentī, ut vērē dīcam, nōn erat semper aequē ostenta. Ōlim in initiō meī itineris, id mē fefellit; necesse erat mihi posteā quantitātem medicāmentī duplicāre, et semel cum īnfīnītō perīculō eam triplicāre; hae rārae dubitātiōnēs adhūc prōjēcerant tenebrās suprā meum sōlācium. Nunc notandum erat mihi, scientiā illīus cāsūs mātūtīnī, quod quaedam difficultās, dum in prīmīs erat corpus Jekyll removēre, jam et gradātim et firmiter erat ad alterum laterem trānslāta. Omnēs rēs ergō vidēbantur hoc ostendere: lentē perdēbam illum amplexum quī meam orīginālem meliōremque persōnam tenēbat, et lentē incipiēbam cum meā secunda, pejōre persōnā concorporārī.

Necesse erat mihi ūnam meārum persōnārum deinde sēligere. Meae duae nātūrae habuerant ūnam memoriam commūnem, sed omnēs aliae facultātēs erant inter eās inaequābiliter distribūtae. Jekyll, quī erat compositus, nōn modo prōjēcit, sed etiam partītus est voluptātēs et perīcula dominī Hyde cum acūtissimā cūrā, cum rōbore avārō. Dominus Hyde nōn cūrābat Jekyll; memorābat eum tamquam montānus fūr memorābat eam cavernam ubi concēlāvit sē ipsum ab alterīs hominibus. Doctor Jekyll habēbat majōrem cūram quam pater amāns suum puerum; dominus Hyde habēbat minōrem cūram quam fīlius neglegēns suum patrem. Dare meam vītam doctōrī Jekyll, fuit morī illīs appetītibus quibus fūrtim indulseram, et modo colueram; dare meam vītam dominō Hyde, fuit morī mīlle dēsīderiīs

et aspīrātiōnibus, et esse contemptus et neglēctus ab amīcīs. attamen Hyde dē Jekyll fuit indifferēns. In prīmīs pactum fortasse
videātur esse inaequāle, at fuit altera cōnsīderātiō quae poterat
vertere lībram; dum Jekyll doctē paterētur in ignibus abstinen-
tiae, Hyde nōn esset cōnscius omnium rērum quās ipse perdidit.
Meae circumstantiae quidem erant īnsolitae, sed condiciōnēs
hujus argūmentī sunt tam aeternae et commūnēs quam existen-
tia hominum; multae exhortātiōnēs et terrōrēs jactāvērunt āleam
corruptō et trepidantī peccātōrī; accidit mē sēlēgisse meam
majōrem partem et invēnisse mē nōn habēre fortitūdinem
sustinendī eum, eōdem modō meīs comitibus.

Ita, praeferēbam illum senem, lūctuōsum medicum, quī semper habēbat amīcōs circum sē, et dīligēbat sua honesta somnia;
exinde firmē valedīxī meae lībertātī, comparātīvae juventūtī,
celeribus passibus, salientibus impulsibus, et sēcrētīs dēsīderiīs
quae habēbam gerēns meam persōnam Hyde. Hanc sēlēctiōnem
forsan cōnfēcī ignōrāns quandam haesitātiōnem; nam nec domicilium Sohōnis vēndidī nec vestīmenta Edwardī Hyde perdidī,
quae adhūc sunt posita et quidem parāta in meā officīnā. Duōs
mēnsēs, poteram fidēliter sustinēre meam dēterminātiōnem;
duōs mēnsēs agēbam quandam vītam tantae sevēritātis numquam anteā obtentam, et dīligēbam omnes compēnsātiōnēs pro-
bae cōnscientiae. Tempus tandem coepit novitātem meae
dīligentiae perdere; laudātiōnēs cōnscientiae coepērunt in rem
cursuālem crēscere; jactationes et lubidines coeperunt turbare
me dum Hyde certat obtinere suam libertatem; tandem,
compressī et hausī rūrsus eam pōtiōnem trānsfōrmātiōnis
quādam hōrā īnfirmitātis mōrālis.

Nōn putō ēbrium hominem argūmentantem dē suō vitiō
umquam cūrāre perīcula quae saepe caudex et īnsēnsibilis
tractāvit; nec ego satis contemplātīvus recognōvī meum
dēsīderium et oboediendī malitiam et neglegendī bonitātem in
omnibus mōmentīs; quod fuit summum ingenium Edwardī

Hyde. Atquī hoc ingenium pūnītum est mē. Meus daemōn longō tempore vinculīs retentus, tandem valēbat magnō fremitū exsilīre cōnscius suae dēfrēnātae, incēnsae facultātis malōrum agendōrum. Suspicor eam facultātem turbāvisse meum animum; oboediēbam eam tempestatem īmpatientiae quandōcumque cōnsīderābam omnēs bonōs mōrēs victimārum meārum. Nōmine Deī dēclārō nēminem sānā mente esse reum tālis crīminis quod tanta parva prōvocātiō dēdūxit; enim vērō eam puellam pulsāvī nōn ratiōnābilior quam aeger līber quī suum crepundium frēgit. Remōveram sponte omnēs lībrantēs īnstīnctūs meī animī quibus illae pessimae partēs animī nostrī possent versārī inter temptātiōnēs; temptātiō, autem, semper genuit ruīnam mihi.

Statim spīritus īnfernōrum experrēctus in meō animō saeviēbat. Quōdam flūctū laetitiae, flāgitāvī ejus inermum corpus; gustāvī pūram dēliciam; et nōn accidit, dōnec lassitūdō coeperat succēdere, meum cor dēlīrissimum esse subitō plānctum in illō frīgidō flūctū terrōris. Cālīgō erat dispersa; poteram deinde notāre meam vītam esse trāditam fātīs; ēgressus eram ē scaenā hārum nimietātum, glōriāns et tremēns quoniam mea libīdō malitiae erat satiāta et stimulāta, meus amor vītae erat tortus ad altissimum paxillum. Cucurrī domum Sohōnis, perdidī meās pāginās ut certitūdinem admodum habērem; exinde ingressus eram per illās viās lampadibus illūminātās, cum eādem ēlātiōne mentis; enim vērō, dēlectābam meō crīmine, et cōnsīderābam lascīvē omnia crīmina quae poteram in futūrō agere; festīnābam et auscultābam inter meōs mōtūs flūctuōsōs ut notārem gressūs cujuslibet ultōris. Dominus Hyde, comprimēns pōtiōnem, habēbat carmen suīs labiīs, et hauriēns eam ad illum mortuum hominem dicāvit. Illī dolōrēs mūtātiōnis abscindēbant eum, et sōlum dēsinēbant quum Hēnrīcus Jekyll lāpsus est suprā sua genua, et extendit suās palmās usque ad Deum cum fluentibus lacrimīs grātiae et poenitentiae. Quod vēlum meae indulgentiae

147

erat vulsum ā meō tōtō corpore, et poteram meam tōtam vītam palam īnspicere: meum tōtum cursum vītae tractāveram ē meīs prīmīs parvulīs diēbus ubi ambulāveram tenēns eam manum meī patris, ad omnēs eās strictās aerumnās meae vītae negōtiōsae ut possem iterum iterumque cum eōdem sēnsū incrēdulitātis advenīre usque ad illās damnātās hōrās hujus vesperī. Potuissem palam clāmāre; petīveram lacrimīs et precibus ut summergerem eam turbam imāginum foedārum et sonōrum quā mea memoria contrā mē fervēret. Etenim, inter meās precātiōnēs, illa foeda faciēs inquiētātis īnspiciēbat meum animum. Quum ille acūtus lūctus coepisset perīre, quīdam sēnsus laetitiae appāruit. Perīculum meōrum āctōrum erat solūtum. Inde Hyde erat impossibilis; utrum agerem, an nōn, eram jam alligātus ad meliōrem partem meae existentiae; vae, quam dē illā rē celebrāvī! Amplexus eram rūrsus libentī humilitāte omnēs fīnītiōnēs vītae nātūrālis! Sincere renuntians meam praeteritam vitam, obserāvī ōstium quō saepissimē ingressus et ēgressus eram, et calcāveram clāvem sub meā calce!

Postrīdiē, tabellārius nūntiāvit caedem esse inventam, aperiēns culpam dominī Hyde tōtō mundō; victima erat vir bene aestimātus ab omnibus cīvibus. Nōn modo crīmen, sed tragica stultitia fuit. Reor enim mē fuisse laetum scientem dē eā rē, et mē fuisse fēlīcem habentem meōs meliōrēs impulsūs sustentōs et cūstōdītōs ā terrōribus catastae. Nunc Jekyll erat meum asȳlum; sī permitterem breviter lībertātem dominō Hyde, manūs omnium hominum essent ēlevātae ut eum necārent.

Cōnstitueram ut mea futūra ācta redimerent mea praeterita; possum dīcere honestē meam resolūtiōnem fuisse fēcundam aliquōrum bonōrum. Tū quoque scīs quam resolūtē ultimōs mēnsēs annī labōrāvī ut meam miseriam levārem; scīs quoque quam multa agēbam aliīs hominibus, et praeterībam multōs diēs silentēs, paene fēlīciter mihi. Nec possum rē vērā dīcere hanc vītam beneficiī et innocentiae fatīgāvisse mē; sine dubiō dīlēxī

magis meam vītam, sed duplicitās meae causae cruciābat mē; mea prīma poenitentia hebēscēbat, prāva pars meī animī multum indūta modo inclūsa coepit lātrāre ut licentiam habēret.

Nōlēbam enim vērō resuscitāre dominum Hyde; Hyde dūceret mē in quandam furiam: minimē, mea ūnica persōna tentābat mē ut lūderem meā cōnscientiā; et ego, quīdam ōrdinārius absconditus peccātor, tandem cesseram impetibus temptātiōnis.

Fīnis advēnit, et capācissimus calix erat tandem complētus; ea brevis condēscēnsiō ad malitiam perdidit aequilībrium meī animī. Nōn eram perturbātus; nātūrālis cessiō erat, quasi regressiō in prīscōs diēs antequam invēnī illam pōtiōnem. Quīdam fēstīvus et clārus diēs Jānuāriī erat, et omnia vestīgia viae erant madida ubi glaciēs liquefacta erat, et caelum erat clārum; Hortus Regentis continēbat cantiōnēs hiemālēs atque odōrēs viridēs. Aprīcātus ā sōle sedēbam in sedīlī; illud animal intus meō animō lambēbat suās faucēs memoriae; meum spīrituāle latus erat paulum somniōsum, prōmittēns alteram poenitentiam, sed nihil incēpit. Recognōvī meōs vīcīnōs esse similēs; comparāns mē ipsum ad alterōs hominēs, meam āctīvam bonitātem ad eam ignāvam negligentem crūdēlitātem eōrum, ego subrīsī. Quō cōgitāmentō vānō et inglōriōsō contemplātō, quaedam difficultās opprimēbat meum animum, quaedam horrida nausea et frīgor mortis. Hī sēnsūs domināvērunt et relīquērunt mē fatigātum; eō languōre subsessō, coepī quandam mūtātiōnem temperantiae agnōscere in meīs cōgitāmentīs. Habēbam majōrem audāciam, neglēctiōnem perīculōrum, et solūtiōnem vinculōrum obligātiōnis. Dēspexī mea vestīmenta pendentia meīs membrīs sine fōrmā et eam manum suprā meum genū recumbentem, nōdōsam et pilōsam. Rūrsus factus sum Edwardus Hyde. Omnēs hominēs anteā putāvērunt mē esse opulentum et amātum—mappula jacēbat mihi in meō trīclīniō; nunc eram quaedam bēstia hominum, vēnāta et vagāns, quīdam interfector et captīvus crucibus!

Mea ratiō labābat, sed nōn mē fallēbat. Poteram notāre saepe meās facultātēs esse acūtās et meōs spīritūs esse flexibilēs dummodo gererem meam alteram persōnam; quandōcumque magnitūdō mōmentī opprimēbat doctōrem Jekyll, dominus Hyde surrēxit ēvocātus. Mea medicāmenta erant posita in quōdam prēlōrum in meā officīnā; quōmodo poteram ea obtinēre? Necesse erat mihi argūmentum solvere (comprimēbam mea tempora manibus). Quae jānua labōrātōriī erat obserāta. Sī peterem intrāre domum per ōstium, meī servī cōnsignārent mē usque ad carcerēs. Altera manus sūmenda erat mihi, et cōgitāvī dē Lanyon. Quōmodo poteram eum vocāre? Quōmodo persuādēre? Sī possem omnia rētia viārum fugere, quōmodo deinde poteram obviam eī venīre? Quōmodo dēbeō persuādēre illī fāmōsō medicō ut dēpecūlēris officīnam ejus collēgae, doctōris Jekyll? Tunc meminī ūnam partem meae prīmae persōnae manēre intus meō animō: poteram meā manū scrībere; statim concēpī illam scintillam ārdentem et vīdī viam illūminātam mihi.

Proinde, mea vestīmenta ōrdināvī quam prīmum poteram, et vehiculum advocāvī; tum eram prōpulsus ad dēversōrium in Viā Portlandiā cujus nōminis forte meminī. Ille aurīga nōn poterat suum rīsum concēlāre quum spectāvisset meum aspectum (quī fuit cōmicus, quamquam cōnātus sum meum tragicum fātum tegere vestīmentīs). Frendēbam meōs dentēs diabolicā īrā contrā eum; et ejus rīsus ēvānuit—ille erat fortūnātus—et ego eram fortūnātior; alterō mōmentō prōjēcissem eum ab eō sedīlī. Quum intrāvī tabernam, circumspexī cum tantō ātrō aspectū ut omnēs hospitēs tremerent; dum adsum, nōn alter alterum īnspexit; vernīliter cōnsēnsērunt meīs mandātīs, et dūxērunt mē in meum conclāve prīvātum; praebuērunt omnia ōrnāmenta necessāria scrīptōrī. Cōnscius suī perīculī, Hyde erat nova creātūra mihi: turbāta īrā profundā, contenta ad caedem, et dēsīderāns afficere dolōrem. Illa creātūra astūta fuit; poterat

153

enim magnā vī frēnāre suam īram; composuī hās duās magnī mōmentī epistulās, alteram Lanyon, alteram Poole; mīsit eās cum commentāriō ad cursum pūblicum quod dicāvit eās epistulās esse dēferendās ita ut scīret eās esse positās in proprium locum.

Exinde, sēdit tōtum diem prope suum focum in illō conclāvī prīvātō, mordēns suōs dentēs; cēnāvit contemplāns suōs timōrēs dum quīdam caupō apertē tremēscit ante ejus oculōs; quum nox admodum advēnisset, ingressus est in angulum vehiculī; hūc et illūc dūxit sē ipsum per omnēs viās cīvitātis. Ego nōn fuī ille īnfāns Orcī quī habēret nihil hūmānitātis; nihil habitābat in suō animō praeter timōrem et odium. Tandem ille putāvit eum aurīgam suspicātum esse sē ipsum, exīvit vehiculum sine morā, et profectus est suīs pedibus induēns vestīmenta quae erant notanda omnibus in cālīginem viātōrum nocturnālium; hae duae passiōnēs īrāscēbantur ejus animō magnā tempestāte. Ūna fēmina loquēbātur cum eō, fortasse praebēns quandam capsam sulphūrātōrum. Ille verberāvit vultum fēminae, et verberāta fūgerat.

Meīs sēnsibus rūrsus retentīs domō Lanyon, horror meī amīcī aliquantum affēcit mē: nesciō, saltem ille horror erat sōlum ūna bulla maris invidiae dum cōnsīderō eās hōrās. Mutātiō, autem, suppressit meum animum. Nōn jam timēbam eās crucēs, sed eam persōnam dominī Hyde quae cruciāvit mē. Recēpī eam condemnātiōnem Lanyon partim in quōdam somniō; ingressus sum in meam propriam domum et recubuī meō lectulō partim in quōdam somniō. Diē prōstrātō, lāpsus sum in quandam strictam et profundam dormītātiōnem quam nē suppressiōnēs nocturnae quidem poterant frangere turbandō meum animum. Māne experrēctus, eram dēfessus et agitātus, sed etiam renovātus. Ōderam et timueram brūtum quī dormiēbat intus meō animō; nōn oblītus sum omnium perīculōrum dētestābilium quae praeteritō diē acciderant; rūrsus in meā domō aderam

quae continēbat mea medicāmenta; illa grātia meae fugae tam fortiter in meō animō ārdēscēbat ita ut paene certāret cum eō candōre speī.

Post jentandum, lentē ambulābam trāns cohortem, placidē hauriēns illum frīgidum āera, quum essem captus iterum illīs sēnsibus ignōtīs quī meam mūtātiōnem rēgnārent; brevī spatiō temporis, poteram sōlum mē ipsum in meā officīnā occlūdere antequam rūrsus īrāscēbar et dirigēscēbam cum omnibus passiōnibus dominī Hyde. Necesse erat mihi duās pōtiōnēs haurīre ut mē ipsum restituerem. Vae mihi; sedēbam et trīste īnspiciēbam eum ignem, et post sex hōrās illī dolōrēs rūrsus advēnerant; meum medicāmentum erat iterum ministrandum. Summātim, appāruit mē posse sōlum magnā vī et citō stimulō medicāminis gerere illam persōnam Jekyll. Praemonitus horrēscēbam omnēs hōrās diērum et noctium; sī dormīrem sīve breviter lāpsus essem in meō thronō, semper eram experrēctus gerēns eam persōnam Hyde. Perpetua condemnatio consterna-verat meum aninum; cruciātus eram illā īnsomnī vigilantiā quā condemnāvī mē ipsum; vae meum corpus erat fōrmātum ultrā omnia quae putāvī esse possibilia hominibus; in meō ūnicō cor-pore coepī esse quaedam creātūra cōnsūmpta et inānīta febrī; macrēscēbam in meō corpore et in meā mente; horror meae alterīus persōnae occupāverat meam mentem. Quum somniāvissem an virtūs medicīnae dēfūncta esset (nam illī dolōrēs mūtātiōnis cotīdiē erant minus potentēs), salīrem paene sine trānsitiōne in possessiōnem dēsīderiōrum quae effundēbant imāginēs terrōris, et in possessiōnem animī quī effervēscēbat odiīs inconditīs, et enim in possessiōnem corporis quod nōn habēbat satis fortitūdinem ut continēret eōs affectūs īrātōs. Potentia Hyde vidēbātur crēscere cum moborsitāte Jekyll. Illud odium, quod dīvidit eōs, erat aequum ambōbus lateribus. Jekyll habēbat quendam īnstīnctum vītālem. Ille nunc vīdit tōtam dēfōrmitātem illīus creātūrae quae partiēbātur certa phaenome-

na cōnscientiae, et recognōvī eum esse suum cohērēdem mortis: ultrā haec vincula commūnitātis, quae sine auxiliō genuerant illam fortissimam partem ejus ānxietātis, ille putāvit dominum Hyde esse nōn modo diabolicum sed etiam inorganicum ob ejus energīam vītae. Hoc erat formīdulōsum; illud caenum cavī vidēbātur ēmittere ululātiōnēs et vōcēs; ille pulvis mūtābilis vidēbātur gesticulāre et peccāre; quam illa mortua rēs, quae habēbat nūllam fōrmam, ūsūrpābat ea officia vītae! Ille ferōx horror erat ligātus propius quam ejus uxor, proprius quam ejus oculus; quae bēstia erat dētenta in suīs vīsceribus ubi ille audīvit eam murmurantem, et sēnsit eam nitentem gignere sē ipsam; illa praevaluit et dēposuit eum ex ejus vītā, quandōcumque ille fuit dēbilis et cōnfidēbat suīs somnīs. Hyde, autem, habuerat quoddam odium contrā Jekyll alterīus ōrdinis. Quum verērētur illōs crucēs, ille perpetuē pellēbat sē ipsum ut paulisper mortem accīret, et regrederētur ad suum statum subōrdinātum ubi fuerit sōlum quaedam pars, nōn tōta persōna; ōdit, autem, eam necessitātem, ōdit eam contrītiōnem in quam Jekyll jam cecīderat; ōdit illam invidiam quā ipse erat nōtus omnibus. Itaque, ille dēcēperat mē praestigiīs bēstiālibus; scrīpserat blasphēmata in omnibus pāginīs meōrum librōrum; incendit meās epistulās et perdidit quandam pictūram meī patris; nisi timuisset mortem, ille perdidisset sē ipsum anteā ut involveret mē in suam ruīnam. At ille habet tantum mīrābilem amōrem vītae; pergam: ego aegrōtō et obrigēscō quandōcumque cōnsīderō eum, memorō meam laudem et passiōnem huic persōnae, et recognōscō quam multum ille timeat meam facultātem interficiendī eum; hīs temporibus possum miserī eī in meō corde.

Scrībere est inūtile; tempus quidem nōn permittit mihi continuāre meam dēscrīptiōnem. Nēmō umquam passus est haec tormenta tantae magnitūdinis; quod sufficit mihi. Habitus prōdūxit mihi—nōn, nūllam allevātiōnem—sed prōdūxit quan-

dam callōsitātem animae, probātiōnem aerumnae; multōs
annōs, mea poena perēgisset, sed illa ultima calamitās tandem
accidit quae dīvīsit mē ā meō propriō vultū et meā propriā
nātūrā. Illa prōvīsiō salis quae haud erat renovāta post meum
prīmum experīmentum, coeperat dīminuere. Mīseram ūnum
servum ut obtinēret novam prōvīsiōnem mihi; illā novā cōpiā
obtentā, miscueram meam pōtiōnem. Ēbullītiō secūta erat, illa
prīma mūtātiō colōris, sed nōn secunda; pōtiōne haustā, poteram dētermināre eam mixtūram nōn habēre eōsdem affectūs.
Quam multum spoliāvī Londīnium! Sciō modo Poole tē
īnfōrmāvisse; quae rēs erat ācta sine causā; nunc persuāsī mihi
ut mea prīma cōpia dēfecta esset, et quaedam ignōta impūritās
prōvīdisset illam efficāciam pōtiōnis.

Fīniō septimānā praeteritā meam expositiōnem; enim affectus
sum ab eā ultimā prōvīsiōne meōrum prīmōrum pollinum.
Itaque, hoc est ultimum tempus quod Hēnrīcus Jekyll potest
(mīrāculō exceptō) sua propria cōgitāmenta cōgitāre, suum proprium vultum vidēre (quam incommodē mūtātum est!) in suō
speculō. Nec dēbeō longius differre fīnem hujus expositiōnis; sī
mea fābula adhūc fūgit perditiōnem, factum est per quandam
combīnātiōnem et prūdentiae et magnae fortūnae. Sī jactātiō
mūtātiōnis capiat mē scrībentem, Hyde scindet hanc
expositiōnem; epistulā dēpositā et tempore ēlāpsō, ejus egoismus
et circumscrīptiō reservābit meam expositiōnem ab ejus āctiōne
bēstiālis malignitātis. Quae aerumna utrumque nostrum
cōnstringit; jamjam ea mūtāvit et compressit eum. Dīmidiam
hōram, quum ego rūrsus et semper dūrābō illam invīsam
persōnam, sedēbō in meā sellā tremēns et lacrimāns, sīve pergam cum quādam strēnuissimā, timidissimā ēlātiōne audientiae,
circumlūstrāre sūrsum et deorsum in hāc officīnā (meō ultimō
refugiō terrestrī) et auscultāre attentē omnēs sonōs. Num Hyde
moritūrus est suprā catastam? An inveniet satis fortitūdinem ut
līberet sē ipsum manibus? Deus ipse scit; ego sum neglegēns;

haec est mea vēra hōra mortis, omnia sequentia cūranda sunt aliī hominī, nōn mihi. Hīc dēpōnō stilum, prōcēdō signāre meam cōnfessiōnem; dūcō eam vītam miserī Hēnrīcī Jekyll ad fīnem.

Notae

1 Cognōmina nōn sunt mūtāta (Utterson est Utterson, nōn Uttersonus); praenōmina sunt mūtāta (Henry est Hēnrīcus, nōn Henry). [pg. viii]

2 Ūndēvīcēsimō saeculō, *juggernaut* in sententiīs Anglicīs significat quandam vim exitiōsam et omnipotentem. *Juggernaut* est mūtātiō ā verbō Sanscrīticō; *jagannāthaḥ* significat dominum ūniversī in linguā Sanscrītica. Dominus Enfield dīcit dominum Hyde esse vim exitiōsam, nōn suprēmum dominum ūniversī. [pg. 7]

3 Jōannēs Fell expulit Thōmān Brown, poētam satyricum ab Aede Chrīstī Ūniversitātis Oxoniēnsis. Brown trānsdūxit hoc epigramma Mārtiālis ut ipse resūmeret sua studia,

> *Nōn amō tē, Sabidiī, nec possum dīcere quārē.*
> *Hoc tantum possum dīcere: nōn amō tē.*

Brown remōvit Sabidium et addidit Jōannem Fell in suā satyricā trānslātiōne. Hoc est satyricum epigramma:

> *I do not like thee, Doctor Fell,*
> *The reason why—I cannot tell;*
> *But this I know, and know full well,*
> *I do not like thee, Doctor Fell.*

Itaque, Sabidium est idōneum nōmen Latīnum Doctōrī Fell (*Doctor Fell*). [pg. 29]

4 *Diable en boîte* ('diabolus in arcā') est crepundium et puerīs et puellīs. Hoc crepundium generātim est arca quae continet salientem scurram. Quum torqueās ānsam arcae, potes carmen lepidum audīre. Carmine fīnītō, illa scurra subitō salit ex arcā. [pg. 31]